你的名字，我的心事

徐志摩 等著

哈尔滨出版社

图书在版编目(CIP)数据

你的名字,我的心事/徐志摩等著.—哈尔滨:
哈尔滨出版社,2021.4
　　ISBN 978-7-5484-4835-8

Ⅰ.①你… Ⅱ.①徐… Ⅲ.①书信集-中国 Ⅳ.
①I26

中国版本图书馆CIP数据核字(2021)第047172号

书　　名:	你的名字,我的心事 NI DE MINGZI, WO DE XINSHI
作　　者:	徐志摩 等著
责任编辑:	赵宏佳　孙　迪
责任审校:	李　战
封面设计:	刘　霄

出版发行:	哈尔滨出版社(Harbin Publishing House)
社　　址:	哈尔滨市香坊区泰山路82-9号　　邮编:150090
经　　销:	全国新华书店
印　　刷:	鑫艺佳利(天津)印刷有限公司
网　　址:	www.hrbcbs.com　　www.mifengniao.com
E-mail:	hrbcbs@yeah.net
编辑版权热线:	(0451)87900271　87900272
销售热线:	(0451)87900202　87900203

开　　本:	880mm×1230mm　　1/32　　印张:7.5　　字数:190千字
版　　次:	2021年4月第1版
印　　次:	2021年4月第1次印刷
书　　号:	ISBN 978-7-5484-4835-8
定　　价:	68.00元

凡购本社图书发现印装错误,请与本社印制部联系调换。
服务热线:(0451)87900278

我将于茫茫人海中访我唯一灵魂之伴侣；
得之，我幸；
不得，我命。

一个人做到只剩了回忆的时候,生涯大概总要算是无聊了吧,但有时竟会连回忆也没有。

吾自遇汝以来，常愿天下有情人都成眷属。

试想在圆月朦胧之夜，海棠是这样的妩媚而嫣润，枝头的好鸟为什么却双栖而各梦呢？

我们的缘很短，却也曾有过一回。

汝所爱者，我也，我当善自保养，尽力于社会，以副汝之爱。

你的所愿，我将赴汤蹈火以求之；你的所不愿，我将赴汤蹈火以阻之。不能这样，我怎能说是爱你！

芳华怕孤单,林花儿谢了,连心也埋。

我愿意舍弃一切，以想念你终此一生。

吾自今以后，唯当更求守身如玉，使此心如古井不波。

我愿用我全生命的力去创造一个福音博和的世界；
我愿意我是为了这个愿望而牺牲的人；
我愿意我永远是一出悲剧的主人；
我愿我是一首又哀婉绮丽的诗歌。

吾妹！我永远不甘屈服于坏境！
我将永远为一反抗，为一赞诵革命之诗人！

目录

徐志摩致陆小曼	001
陆小曼致徐志摩	021
鲁迅致许广平	041
郁达夫致王映霞	047
林觉民致陈意映	055
朱自清致武钟谦	065
瞿秋白致王剑虹	073
瞿秋白致杨之华	079
闻一多致高孝贞	087
梁启超致李蕙仙	099

蔡元培致黄仲玉	111
许地山致周俟松	117
高君宇致石评梅	121
朱湘致霓君	125
彭雪枫致林颖	141
阮玲玉致唐季珊	167
朱生豪致宋清如	171
萧红致萧军	199
恽代英致沈葆秀	203
庐隐致李唯建	211
蒋光慈致宋若瑜	217

你有多久，没有提笔写过信？你有多久，没有想起远方的家人和儿时的伙伴？

你是否还记得，很久之前，拆开信纸，慢慢阅读一段时光的悠然？

有人说，从前，车马慢，书信远，一辈子只够做一件事，一生只够爱一个人。

从前的爱情，不像如今这么浮躁，从前的人们，爱得很坚定，爱得很煎熬，爱得很炽热，思念一个人的滋味或许也更浓烈。

有人说，一封信，就是一段感情，一段人生，这本《你的名字，我的心事》是从民国时期出版的报纸、书刊中精选徐志摩、陆小曼、鲁迅、郁达夫、朱自清、梁启超等名人的五十余篇私人通信汇编而成。在编校文稿时候，我们保留原有文本，没有对作者的文字进行编辑处理，希望读者能从中读到他们的一片深情，了解他们的人生。

徐志摩致陆小曼

徐志摩(1897~1931)

现在我只能仰着头献给你我有限的真情与真爱,声明我的惊讶与赞美。

徐志摩(1897~1931)

中国现代著名诗人。浙江海宁人。曾留学欧美,先后在北京、上海等地的大学任教,并主编《诗刊》《新月》等文学期刊,是"新月派"的骨干之一。

1915年,徐志摩与第一位妻子张幼仪结婚,后因感情不和,两人在德国求学期间自愿离婚。第一次婚姻失败后,徐志摩与陆小曼产生火热恋情,并于1926年与她结婚。

小曼：

  这实在是太惨了，怎叫我爱你的不难受？假如你这番深沉的冤曲有人写成了小说故事，一定可使千百个同情的读者滴泪，何况今天我处在这最尴尬最难堪的地位，怎禁得不咬牙切齿的恨，肝肠断尽的痛心呢？真的太惨了，我的乖，你前生作的是什么孽，今生要你来受这样惨酷的报应？无端折断一枝花，尚且是残忍的行为，何况这生生地糟蹋一个最美最纯洁最可爱的灵魂。真是太难了，你的四周全是铜墙铁壁，你便有翅膀也难飞，咳，眼看着一只洁白美丽的稚羊让那满面横肉的屠夫擎着利刀向着她刀刀见血地蹂躏谋杀——旁边站着不少的看客，那羊主人也许在内，不但不动怜惜，反而称赞屠夫的手段，好像他们都挂着馋涎想分尝美味的羊羔哪！咳，这简直不能想，实有的与想象的悲惨的故事我亦闻见过不少，但我爱，你现在所身受的却是谁都不曾想到过，更有谁有胆量来写？我倒劝你早些看哈代那本Jude the Obscure（注：《无名的裘德》）吧，那书里的女子Sue你一定很可同情她，哈代写的结果叫人不忍卒读，但你得明白作者的意思，将来有机会我对你细讲。

咳,我真不知道你申冤的日子在哪一天!实在是没有一个人能明白你,不明白也算了,一班人还来绝对地冤你,阿呸,狗屁的礼教,狗屁的家庭,狗屁的社会,去你们的,青天里白白地出太阳,这群人血管的水全是冰凉的!我现在可以放怀地对你说,我腔子里一天还有热血,你就一天有我的同情与帮助;我大胆地承受你的爱,珍重你的爱,永葆你的爱,我如其凭爱的恩惠还能从我性灵里放射出一丝一缕的光亮,这光亮全是你的,你尽量用吧!假如你能在我的人格思想里发现有些许的滋养与温暖,这也全是你的,你尽量使吧!最初我听见人家诬蔑你的时候,我就热烈地对他们宣言,我说你们听着,先前我不认识她,我没有权利替她说话,现在我认识了她,我绝对地替她辩护,我敢说如其女人的心曾经有过纯洁的,她就是一个。Her heart is as pure and unsoiled as any women's heart can be; and her soul as noble.(意为:她的心灵和其他女子一样纯洁;她的灵魂也一样高贵。)现在更进一层了,你听着这分别,先前我自己仿佛站得高些,我的眼是往下望的,那时我怜你惜你疼你的感情是斜着下来到你身上的,渐渐地我觉得我的看法不对,我不应得站得比你高些,我只能平看着你。我站在你的正对面,我的泪丝的光芒与你的泪丝的光芒针对地交换着,你的灵性渐渐地化入了我的,我也与你一样觉悟了一个新来的影响,在我的人格中四布地贯彻——现在我连平视都不敢了,我从你的苦恼与悲惨的情感里憬悟了你的高洁的灵魂的真际，这是上帝神光的反映，我自己不由地低降了下去，现在我只能仰着头献给你我有限的真情与真爱，声明我的惊讶与赞美。不错，勇敢，胆量，怕什么？前途当然是有光亮的，没有也得叫它有。一个灵魂有时可以到最黑暗的地狱里去游行，但一点神灵的光亮却永远在灵魂本身的中心点着——况且你不是确信你已经找着了你的真归宿，真想望，实现了你的梦？来，让这伟大的灵魂的结合毁灭一切的阻碍，创造一切的价值，往前走吧，再也不必迟疑！

你要告诉我什么，尽量地告诉我，像一条河流似的尽量把它的积聚交给天边的大海，像一朵高爽的葵花，对着和暖的阳光一瓣瓣地展露它的秘密。你要我的安慰，你当然有我的安慰，只要我有我能给；你要什么有什么，我只要你做到你自己说的一句话——"Fight on."（意为："战斗吧。"）——即使命运叫你在得到最后胜利之前碰着了不可躲避的死，我的爱，那时你就死，因为死就是成功，就是胜利。一切有我在，一切有爱在。同时你努力的方向得自己认清，再不容丝毫的含糊，让步牺牲是有的，但什么事都有个限度，有个止境；你这样一朵稀有的奇葩，绝不是为一对不明白的父母，一个不了解的丈夫牺牲来的。你对上帝负有责任，你对自己负有责任，尤其你对于你新发现的爱负有责任，你已往的牺牲已经足够，你再不能轻易糟蹋一分半分的黄金光阴。人间的关系是相对的，应职也有个道理，灵魂是要救度的，肉体也不能永远让人家侮辱蹂躏，因为就是肉体也是含有灵性的。

总之一句话：时候已经到了，你得 assert your own personality（意为：为自己的人格辩护）。你的心肠太软，这是你一辈子吃亏的原因，但以后可再不能过分地含糊了，因为灵与肉实在是不能绝对分家的，要不然 Nora（注：即娜拉，《玩偶之家》的主人公）何必一定得抛弃她的家，永别她的儿女，重新投入渺茫的世界里去？她为的就是她自己人格与性灵的尊严，侮辱与蹂躏是不应得容许的。且不忙慢慢地来，不必悲观，不必厌世，只要你抱定主意往前走，决不会走过头，前面有人等着你。

以后的信，你得好好地收藏起来，将来或许有用，在你申冤出气时的将来，但暂时决不可泄漏，切切！

摩

一九二五年三月三日

龙龙：

　　我的肝肠寸寸地断了，今晚再不好好地给你一封信，再不把我的心给你看，我就不配爱你，就不配受你的爱。

　　我的小龙呀，这实在是太难受了，我现在不愿别的，只愿我伴着你一同吃苦——你方才心头一阵阵地作痛，我在旁边只是咬紧牙关闭着眼替你熬着。龙呀，让你血液里的讨命鬼来找着我吧，叫我眼看你这样生生地受罪，我什么意念都变了灰了！你吃现鲜鲜的苦是真的，叫我怨谁去？

　　离别当然是你今晚纵酒的大原因，我先前只怪我自己不留意，害你吃成这样，但转想你的苦，分明不全是酒醉的苦，假如今晚你不喝酒，我到了相当的时刻得硬着头皮对你说再会，那时你就会舒服了吗？再回头受逼迫的时候，就会比醉酒的病苦强吗？咳，你自己说得对，顶好是醉死了完事，不死也得醉，醉了多少可以自由发泄，不比死闷在心窝里好吗？所以我一想到你横竖是吃苦，我的心就硬了。

　　我只恨你不该留这许多人一起喝，人一多就糟，要是单是你与我对喝,那时要醉就同醉,要死也死在一起,醉也是一体,死也是一体,要哭让眼泪和成一起,要心跳让你我的胸膛贴紧在一起,这不是在极苦里实现了我们想望的极乐,从醉的大门走进了大解脱的境界,只要我们灵魂合成了一体,这不就满足了我们最高的想望吗?

啊!我的龙,这时候你睡熟了没有?你的呼吸调匀了没有?你的灵魂暂时平安了没有?你知不知道你的爱正在含着两眼热泪在这深夜里和你说话,想你,疼你,安慰你,爱你?

我好恨呀,这一层的隔膜,真的全是隔膜,这仿佛是你淹在水里挣扎着要命,他们却掷下瓦片石块来算是救度你,我好恨呀!这酒的力量还不够大,方才我站在旁边我是完全准备了的,我知道我的龙儿的心坎儿只嚷着:"我冷呀,我要他的热胸膛偎着我;我痛呀,我要我的他搂着我;我倦呀,我要在他的手臂内得到我最想望的安息与舒服!"——但是实际上我只能在旁边站着看,我稍微的一帮助就受人干涉,意思说:"不劳费心,这不关你的事,请你早去休息吧,她不用你管!"

哼,你不用我管!我这难受,你大约也有些觉着吧!

方才你接连了叫着,"我不是醉,我只是难受,只是心里苦",你那话一声声像是钢铁锥子刺着我的心:愤、慨、恨、急的各种情绪就像潮水似的涌上了胸头;那时我就觉得什么都不怕,勇气像天一般地高,只要你一句话出口什么事我都干!为你我抛弃了一切,只是本分为你我，还顾得什么性命与名誉——真的假如你方才说出了一半句着边际着颜色的话，此刻你我的命运早已变定了方向都难说哩！

你多美呀，我醉后的小龙，你那惨白的颜色与静定的眉目，使我想象起你最后解脱时的形容，使我觉着一种逼迫赞美崇拜的激震，使我觉着一种美满的和谐——龙，我的至爱，将来你永诀尘俗的俄顷，不能没有我在你的最近的旁边，你最后的呼吸一定得明白报告这世间你的心是谁的，你的爱是谁的，你的灵魂是谁的！

龙呀，你应当知道我是怎样地爱你，你占有我的爱，我的灵，我的肉，我的"整个儿"。永远在我爱的身旁旋转着，永久地缠绕着，真的龙龙，你已经激动了我的痴情。

我说出来你不要怕，我有时真想拉你一同死去，去到绝对的死的寂灭里去实现完全的爱，去到普遍的黑暗里去寻求唯一的光明——咳，今晚要是你有一杯毒药在近旁，此时你我竟许早已在极乐世界了。说也怪，我真的不沾恋这形式的生命，我只求一个同伴，有了同伴我就情愿欣欣地瞑目；龙龙，你不是已经答应做我永久的同伴了吗？我再不能放松你，我的心肝，你是我的，你是我这一辈子唯一的成就，你是我的生命，我的诗；你完全是我的，一个个细胞都是我的——你要说半个不字叫天雷打死我完事。

我在十几个钟头内就要走了，丢开你走了，你怨我忍心不是？我也自认我这回不得不硬一硬心肠，你也明白我这回去是我精神的与知识的"散拿吐瑾"(注：一种药物名)，我受益就是你受益，我此去加倍地用心，你在这时期内也得加倍地奋斗，我信你的勇气，这回就是你试验、实证你勇气的会，我人虽走，我的心不离开你，要知道在我与你的中间有的是无形的精神线，彼此的悲欢喜怒此后是会相通的，你信不信？（身无彩凤双飞翼，心有灵犀一点通）我再也不必嘱咐，你已经有了努力的方向，我预知你一定成功，你这回冲锋上去，死了也是成功！

有我在这里，阿龙，放大胆子，上前去吧，彼此不要辜负了，再会！

摩

一九二五年三月十日 早三时

我不愿意替你规定生活，但我要你注意缰子一次拉紧了是松不得的，你得咬紧牙齿暂时对一切的游戏娱乐应酬说一声再会，你干脆的得谢绝一切的朋友。你得彻底的刻苦，你不能纵容你的 whims（意为：任性），再不能管闲事，管闲事空惹一身骚；也再不能发脾气。

记住，只要你耐得住半年，只要你决意等我，回来时一定使你满意欢喜，这都是可能的；天下没有不可能的事——只要你有信心，有勇气，腔子里有热血，灵魂里有真爱。龙呀！我的孤注就押在你的身上了!

再如失望,我的生机也该灭绝了。

最后一句话:只有S是唯一有益的真朋友。

一九二五年三月十日 早

爱眉：

　　昨晚打电话，母亲又不甚舒服，亦稍气喘，不绝呻吟。我二时睡，天亮醒回。又闻呻吟，睡眠亦不甚好。今日似略有热度，昨日大解，又稍进烂面，或有关系。

　　我等早八时即全家出门去沈家浜上坟。先坐船出市不远，即上岸走。蒋姑母谷定表妹亦同行。正逢乡里大迎神会。天气又好，遍里垅，尽是人。附近各镇人家亦雇船来看，有桥处更见拥挤。会甚简陋，但乡人兴致极高，排场亦不小。田中一望尽绿，忽来千百张红白绸旗，迎风飘舞，蜿蜒进行，长十丈之龙。有七八彩砌，楼台亭阁，亦见十余。有翠香寄柬、天女散花、三戏牡丹、吕布、貂蝉等彩扮。高跷亦见，他有三百六十行，彩扮至趣。最妙者为一大白牯牛，施施而行，神气十足。据云此公须尽白烧一坛，乃肯随行。此牛殊有古希风味，可惜未带照相器，否则大可留些印象。此时方回，明后日还有迎会。请问洵美有兴致来看乡下景致否？亦未易见到，借此来硔一次何如。方才回镇，船傍岸时，我等俱已前行。父亲最后，因篙支不稳，仆倒船头，幸未落水。老人此后行动真应有人随侍矣。

今晚父亲与幼仪、阿欢同去杭州。我一个人留此伴母。可惜你行动不能自由，梵皇渡今亦有检查，否则同来侍病，岂不是好？洵美诗你已寄出否？明日想做些工，肩负过多，不容懒矣。你昨晚睡得好否？牙如何？至念！回头再通电，你自己保重！

摩

一九三一年四月九日　星期四

（注：写此信时，徐志摩因母亲生病，从北京回硖石侍候，其母稍后在同月23日去世）

我至爱的老婆：

先说几件事，再报告来平后行踪等情。第一，文伯怎么样了？我盼着你来信，他三弟想已见过，病情究有甚关系否？药店里有一种叫茵陈，可煮当水喝，甚利于黄病。仲安确行，医治不少黄病。他现在北平，伺候副帅。他回沪定为他调理如何？只是他是无家之人，吃中药极不便，梦绿家或我家能否代煎？盼即来信。

第二是钱的问题（注：陆小曼当时在上海的生活开支很大，又吸毒成瘾，导致徐志摩虽然身兼数职，却依然入不敷出，经常负债），我是焦急得睡不着。现在第一盼望节前发薪，但即节前有，寄到上海，定在节后，而二百六十元期转眼即到，家用开出支票，连两个月房钱亦在三百元以上，节还不算。我不知如何弥补得来，借钱又无处开口。我这里也有些书钱、车钱、赏钱，少不了一百元，真的踌躇极了。本想有外快来帮助，不幸目前无一事成功，一切飘在云中，如何是好？钱是真可恶，来时不易，去时太易。我自阳历三月起，自用不算，路费等等不算，单就付银行及你的家用，已有二千零五十元。节上如再寄四百五十元,正合二千五百元,而到六月底还只有四个月,如连公债果能抵得四百元,那就有三千元光景,按五百元一月,应该尽有富余,但内中不幸又夹有债项。你上节的三百元,我这节的二百六十元,就去了五百六十元,结果拮据得手足维艰。此后又已与老家说绝,缓急无可通融。我想想,我们夫妻俩真是醒起才是!若再因循,真不是道理。再说我原许你家用及特用每月以五百元为度,我本意教书而外,另有翻译方面二百可得,两样合起,平均相近六百,总还易于维持。不想此半年各事颠倒,母亲去世,我奔波往返,如同风里篷帆。身不定,心亦不定,莎士比亚更如何译得?结果仅有学校方面五百多,而第一个月又被扣了一半。眉眉亲爱的,你想我在这情形下,张罗得苦不苦?同时你那里又似乎连五百都还不够用似的,那叫我怎么办?我想好好和你商量,想一长久办法,省得拔脚窝脚,老是不得干净。家用方面,一是(屋子),二是(车子),三是(厨房):这三样都可以节省,照我想一切家用此后非节到每月四百,总是为难。眉眉,你如能真心帮助我,应得替我想法子,我反正如果有余钱,也决不自存。我靠薪水度日,当然梦想不到积钱,唯一希冀即是少债,债是一件 degrading and humiliating thing (意为:使人难堪和丢脸的事)。眉,你得知道有时竟连最好朋友都会因此伤到感情的,我怕极了的。

写至此,上沅夫妇来打了岔,一岔直岔到下午六时。时间真是不够支配。你我是天成的一对,都是不懂得经济,尤其是时间经济。关于家务的节省，你得好好想一想，总得根本解决车屋厨房才是。我是星期四午前到的，午后出门。第一看奚若，第二看丽琳叔华。叔华长胖了好些，说是个有孩子的母亲，可以相信了。孩子更胖，也好玩，不怕我，我抱她半天。我近来也颇爱孩子。有伶俐相的，我真爱。我们自家不知到哪天有那福气，做爸妈抱孩子的福气。听其自然是不成的，我们都得想法，我不知你肯不肯。我想你如果肯为孩子牺牲一些，努力戒了烟，省得下来的是大烟里。哪怕孩子长成到某种程度，你再吃。你想我们要有，也真是时候了。现在阿欢已完全与我不相干的了。至少我们女儿也得有一个，不是？这你也得想想。

星期四下午又见杨今甫，听了不少关于俞珊的话。好一位小姐，差些一个大学都被她闹散了。梁实秋也有不少丑态，想起来还算咱们露脸，至少不曾闹什么话柄。夫人！你的大度是最可佩服的。北京最大的是清华问题，闹得人人都头昏。奚若今天走，做代表到南京，他许会上海来看你，你得约洵美请他玩玩。他太太也闹着要离家独立谋生去，你可以问问他。

星期五午刻，我和罗隆基同出城。先在燕京，叔华亦在，从文亦在，我们同去香山看徽音。她还是不见好，新近又发了十天烧，人颇疲乏。孩子倒极俊，可爱得很，眼珠是林家的，脸盘是梁家的。昨在女大，中午叔华请吃鲥鱼蜜酒，饭后谈了不少话，吃茶。有不少客来，有 Rose，熊光着脚不穿袜子，海也不回来了，流浪在南方已有十个月，也不知怎么回事。她亦似乎满不在意，真怪。

昨晚与李大头在公园，又去市场看王泊生戏，唱逍遥津，大气磅礴，只是有气少韵。座不甚佳，亦因配角太乏之故。今晚唱探母，公主为一民国大学生，唱还对付，貌不佳。他想搭小翠花，如成，倒有希望叫座。此见下海亦不易。说起你们唱戏，现在我亦无所谓了。你高兴，只有俦伴合式，你想唱无妨，但得顾住身体。此地也有捧雪艳琴的。有人要请你做文章。昨天我不好受，头腹都不适。冰淇淋吃太多了。今天上午余家来，午刻在莎菲家，有叔华、冰心、今甫、性仁等，今晚上沅请客，应酬真厌人，但又不能不去。

说你的画，叔华说原卷太差，说你该看看好些的作品。老金、丽琳张大了眼，他们说孩子是真聪明，这样聪明是糟了可惜。他们总以为在上海是极糟，已往确是糟，你得争气，打出一条路来，一鸣惊人才是。老邓看了颇夸，他拿付裱，裱好他先给题，杏佛也答应题，你非得加倍用功小心，光娘的信到了，照办就是。请知照一声，虞裳一二五元送来否？也问一声告我。我要走了，你得勤写信。乖！

你的摩
一九三一年六月十四日

爱妻小眉：

　　真糟，你花了三角一分的飞快，走了整六天才到。想是航空、铁轨全叫大水冲昏了，别的倒不管，只是苦了我这几天候信的着急！

　　我昨函已详说一切，我真的恨不得今天此时已到你的怀抱——说起咱们久别见面，也该有相当表示，你老是那坐着躺着不起身，我枉然每回想张开胳膊来抱你亲你，一进家门，总是扫兴。我这次回来，咱们来个洋腔，抱抱亲亲如何？这本是人情，你别老是说那是湘眉一种人才做得去。就算给我一点满足，我先给你商量成不成？我到家时刻，你可以知道，我既不想你到站接我，至少我亦人情的希望，在你容颜表情上看得出对我一种相当的热意。

　　更好是屋子里没有别人，彼此不致感受拘束。况且你又何尝是没有表情的人？你不记得我们的"翡冷翠的一夜"在松树七号墙角里亲别的时候？我就不懂何以做了夫妻，形迹反而得往疏里去！那是一个错误。我有相当情感的精力，你不全盘承受，难道叫我用凉水自浇身？我钱还不曾领到，我能如愿的话，可以带回近八百元，垫银行空尚勉强，本月月费仍悬空，怎好？

我遵命不飞，已定十二快车，十四晚可到上海。记好了！连日大雨，全城变湖，大门都出不去。明日如晴，先发一电安慰你。乖！我只要你自珍自爱，我希望到家见到你一些欢容，那别的困难就不难解决。请即电知文伯，慰慈，盼能见到！娘好否？至念！

你的鞋花已买，水果怕不成。我在狠命写《醒世姻缘》序，但笔是秃定的了，怎样好？

诗倒做了几首，北大招考，尚得帮忙。

老金、丽琳想你送画，他们二十走，即寄尚可及。

杨宗翰（字伯屏）也求你画扇。

你的亲摩

一九三一年七月八日

陆小曼致徐志摩

陆小曼（1903~1965）

你来罢，摩！我在等着你呢。

陆小曼（1903~1965）

近代女画家，江苏武进人。1915年就读法国圣心学堂，她18岁就精通英文和法文。她是个画家，师从刘海粟、陈半丁、贺天健等名家，晚年被吸收为上海中国画院专业画师、上海美术家协会会员。她擅长戏剧，曾与徐志摩合作创作《卞昆冈》五幕话剧。她谙昆曲，也能演皮黄，写得一手好文章，有深厚的古文功底和扎实的文字修饰能力。

徐志摩原是陆小曼丈夫王赓的朋友，因王赓专注于工作和前途，徐陆二人又志趣相投，便产生情愫。他们的感情受到了社会的质疑、家庭的反对，举步维艰，但他们没有放弃。直至1925年陆小曼和王赓离婚，翌年和徐志摩结婚。

以下的信件写于陆小曼和徐志摩相爱后，当时陆小曼尚未离婚，与徐志摩分隔两地，只能以信件互诉衷肠。

昨天才写完一信，T来了，谈了半天。他倒是个很好的朋友，他说他那天在车站看见我的脸吓一跳，苍白得好像死去一般，他知道我那时的心一定难过到极点了。他还说外边谣言极多，有人说我要离婚了，又有人说摩一定是不真爱我，若是真爱决不肯丢我远去的。真可笑，外头人不知道为什么都跟我有缘似的，无论男女都爱将我当一个谈话的好材料，没有可说也得想法造点出来说，真奇怪了。T也说现在是个很好的脱离机会，可是娘呢？咳，我的娘呀！你可害苦了我啦，我一生的幸福恐怕要为你牺牲了！

摩，为你我还是拼命干一下的好，我要往前走，不管前面有几多的荆棘，我一定直着脖子走，非到筋疲力尽我决不回头的。因为你是真正地认识了我，你不但认识我表面，你还认清了我的内心，我本来老是自恨为什么没有人认识我，为什么人家全拿我当一个只会玩只会穿的女子；可是我虽恨，我并不怪人家，本来人们只看外表，谁又能真生一双妙眼来看透人的内心呢？受着的评论都是自己去换得来的，在这个黑暗的世界有几个是肯拿真性灵透露出来的?像我自己,还不是一样成天埋没了本性以假对人的么?只有你,摩!第一个人能从一切的假言假笑中看透我的真心,认识我的苦痛,叫我怎能不从此收起以往的假而真正的给你一片真呢!我自从认识了你,我就有改变生活的决心,为你我一定认真地做人了。

因为昨晚一宵苦思,今晨又觉满身酸痛,不过我快乐,我得着了一个全静的夜。本来我就最爱清静的夜,静悄悄只有我一个人,只有滴答的钟声做我的良伴,让我爱做什么就做什么,不论坐着、睡着、看书,都是安静的,在无聊时耽着想想,做不到的事情,得不着的快乐,只要能闭着眼像电影似的一幕幕在眼前飞过也是快乐的,至少也能得着片刻的安慰。昨晚我想你,想你现在一定已经看得见西伯利亚的白雪了,不过你眼前虽有不容易看得到的美景,可是你身旁没有了陪伴你的我,你一定也同我现在一般地感觉着寂寞,一般心内叫着痛苦的罢!我从前常听人言生离死别是人生最难忍受的事情,我老是笑着说人痴情,谁知今天轮到了我身上,才知道人家的话不是虚的,全是从痛苦中得来的实言,我今天才身受着这种说不出叫不明的痛苦,生离已经够受的了,死别的味儿想必更不堪设想罢。

回家去陪娘去看病,在车中我又探了探她的口气,我说照这样的日子再往下过,我怕我的身体上要担受不起了。她倒反说我自寻烦恼,自找痛苦,好好的日子不过,一天到晚只是去模仿外国小说上的行为，讲爱情，说什么精神上痛苦不痛苦，那些无味的话有什么道理。本来她在四十多年前就生出来了，我才生了二十多年，二十年内的变化与进步是不可计算的，我们的思想当然不能符合了。她们看来夫荣子贵是女子的莫大幸福，个人的喜、乐、哀、怒是不成问题的，所以也难怪她不能明了我的苦楚。本来人在幼年时灌进脑子里的知识与教育是永不会迁移的，何况是这种封建思想与礼教观念更不容易使她忘记。所以从前多少女子，为了怕人骂，怕人背后批评，甘愿自己牺牲自己的快乐与身体，怨死闺中，要不然就是终身得了不死不活的病，呻吟到死。这一类的可怜女子，我敢说十个里面有九个是自己明知故犯的，她们可怜，至死还不明白是什么害了她们。摩！我今天很运气能够遇着你，在我不认识你以前，我的思想，我的观念，也同她们一样，我也是一样的没有勇气，一样地预备就此糊里糊涂地一天天往下过，不问什么快乐什么痛苦，就此埋没了本性过它一辈子完事的；自从见着你，我才像乌云里见了青天，我才知道自埋自身是不应该的，做人为什么不轰轰烈烈地做一番呢？我愿意从此跟你往高处飞，往明处走，永远不再自暴自弃了。

一九二五年三月二十二日

一连又是几天不能亲近你了,摩!这日子真有点过不下去了,一天到晚只是忙些无味的酬应,你的信息又听不到,你的信也不来,算来你上工了也有十几天了,也该有信来了,为什么天天拿进来的信我老也见不着你的呢?难道说你真的预备从此不来信么?也许朋友们的劝慰是有理的。你应该离开我去海外洗一洗脑子,也许可以洗去我这污浊的黑影,使你永远忘记你曾经认识过我。我的投进你的生命中也许是于你不利,也许竟可破坏你的终身的幸福的,我自己也明白,也看得很清,而且我们的爱是不能让社会明了,是不能叫人们原谅的。所以我不该盼你有信来,临行时你我不是约好不通信,不来往,大家试一试能不能彼此相忘的么?在嘴里说的时候,我的心里早就起了反对(不知你心里如何),口内不管怎样地硬,心里照样还是软绵绵的;那一忽儿的口边硬在半小时内早就跑远了,因此不等到家我就变了主意,我信你也许同我一样,不过今天不知怎样有点信不过你了,难道现在你真想实行那句话了么?难道你才离开我就变了方向了么？你若能真的从此不理我倒又是一件事了。本来我昨天就想退出了，大概你在第三封信内可以看见我的意思了，你还是去走那比较容易一点的旧路罢，那一条路你本来已经开辟得快成形了，为什么又半路中断去呢？前面又不是绝对没有希望，你不妨再去走走看，也许可以得到圆满的结果，我这边还是满地的荆棘，就是我二人合力的工作也不知几时才可以达到目的地呢！其中的情形还要你自己再三想想才好。我很愿意你能得着你最初的恋爱，我愿意你快乐，因为你的快乐就和我的一样。我的爱你，并不一定要你回答我，只要你能得到安慰，我心就安慰了，我还是能照样地爱你，并不一定要你知道的。是的，摩！我心里乱极了，这时候我眼里已经没有了我自己，我心里只有你的影子，你的身体，我不要想自身的安全，我只想你能因为爱我而得到一些安慰，那我看着也是乐的。

一九二五年三月二十八日

病一好就成天往外跑，也不知哪儿来的许多事情，躲也躲不远，藏也没有地方藏，每天像囚犯似的被人监视着，非去不可，也不管你心里是什么味儿。更加一个娘，到处都要我陪着去；做女儿的这一点责任又好像无可再避，只得成天拿一个身体去酬应他们，不过心里的难过是没有人可以知道的了。害得我一连几天不能来亲近你，我的爱，这种日子也真亏我受得了！今天又和母亲大闹，我就问她"一个人做人是为自己做呢，还是为着别人做呢？"我觉得一个人只要自己对得住自己就成了，管别人的话是管不了许多的。这许多人你顺了这个做，那个也许不满意，听了那一个的话又违背了这一个，结果是永远不会全满意的。为了要博取人家一句赞美的话而牺牲了自己的幸福，我看这种人多得很呢；我不愿再去把自己牺牲了，我还是管了我自己的好，摩，你说对么？

　　真的，今天还有一件事使我难受到极点：今天我同娘争论了半天，她就说"我忘了告诉你一件事，你先慢慢地走我还有话呢"，说着她就从床前抽屉里拿出一封信往我面前一掷，我一看，原来是你的笔迹。我倒呆了半天，不知你写的什么，心里不由得就跳荡起来了，我拿着一口气往下看，看得我眼里的泪珠遮住了我的视线，一个字一个字都像被浓雾裹着似的，再也看不下去了。

摩！我的爱，你用心太苦了，你为我想得太周密了，你那一片清脆得像稚儿的真诚的呼唤声，打动了我这污浊的心胸，使我立刻觉得我自身的庸俗。你的信中哪一句话不是从心底里回转几遍才说出来的，哪一字不是隐含着我的？你为我，咳！你为我太苦了，摩！你以为你婉转劝导一定能打动她的心，多少给我们一条路走走，哪知道你明珠似的话好似跌入了没底的深海，一点光辉都不让你发，你可怜的求告又何尝打得动她像滑石一般硬的心呢！一切不是都白费了么？到这种情况之下你叫我不想死还去想什么呢？不死也要疯了，我再不能挣扎下去了，我想非去西山静两天不可了。只能暂时放下了你再讲，我也不管他们许不许，站起来就走，好在这不是跟人跑，同去的都是长辈亲友，他们再也说不出别样新鲜话了。只是一件，你要有几天接不到我的信呢。

一九二五年四月十五日

昨晚苦思一宵，今晨决定去争闹，无论什么来都不怕，非达到目的不可，谁知道结果还是一样，现在又只剩我一个人大败而回。这一回是真绝望定了，我的力量也穷了。

我走去的时候是勇气百倍，预备拿性命来碰的，所以进内就对他们说，要是他们一定要逼我去的话，我立刻就死，反正去也是死，不过也许可以慢点，那何不痛快点现在就死了呢？

这话他们听了一点也不怕，也不屈服，他们反说："好的，要死大家一同死！"好，这一下倒使我无以下台。真死，更没有见你的机会，不死就要受罪，不过我心里是痛苦到万分，既然讲不明白我就站起来想走了。他们见我真下了决心倒又叫了我回去；改用软的法子来骗我，种种地解说，结果是二老对我双泪俱流地苦苦哀求。咳！可怜的他们！在他们眼光下离婚是家庭中最羞惭的事，儿女做了这种事，父母就没脸见人了，母亲说只要我允许再给他一个机会，要是这次前去他再待我不好，再无理取闹，自有他们出面与我离，决不食言，不过这次无论如何再听他们一次。直说得太阳落了山,眼泪湿了几条手帕,我才真叫他们给软化了。父母到底是生养我的,又是上了年纪;生了我这样的女儿已经不能随他们心,不能顺他们的志愿,岂能再害他们为我而死呢?所以我细细地一想,还是牺牲了自己罢!我们反正年轻,只要你我始终相爱,不怕将来没有机会。只是太苦了,话是容易讲的,只怕实行起来不知要痛苦到如何程度呢!我又是一身的病,有希望的日子也许还能多活几年,要是像现在的岁月,只怕过不了几个月就要萎颓下来了。

摩!我今天与你永诀了,我开始写这本日记的时候本预备从暗室走到光明,忧愁里变出欢乐,一直地往前走,永远地写下去,将来若是到了你我的天下时,我们还可以合写你我的快乐,到头发白了拿出来看,当故事讲,多美满的理想!现在完了,一切全完了,我的前程又叫乌云盖住了,黑暗暗的又不见一点星光。

摩!唯一的希望是盼你能在二星期中飞到,你我做一个最后的永诀。

以前的一切,一个短时间的快乐,只好算是一场春梦,一个幻影,没有留下一点痕迹,可以使人们纪念的,只能闭着眼想想,就是我唯一的安慰了。从此我不知道要变成什么呢!也许我自己暗杀了自己的灵魂,让躯体随着环境去转,什么来都可以忍受,也许到不得已时我就丢开一切,一个人跑入深山,什么都不要看见,也不要想,同没有灵性的树木山石去为伍，跟不会说话的鸟兽去做伴侣，忘却我自己是一个人，忘却世间有人生，忘却一切的一切。

摩！我的爱！到今天我还说什么？我现在反觉得是天害了我，为什么天公造出了你又造出了我？为什么又使我们认识而不能使我们结合？为什么你平白地来踏进我的生命圈里？为什么你提醒了我？为什么你来教会了我爱？爱，这个字本来是我不认识的，我是模糊的，我不知道爱也不知道苦，现在爱也明白了，苦也尝够了，再回到模糊的路上去倒是不可能了，你叫我怎么办？

我这时候的心真是碎得一片片地往下落呢！落一片痛一阵，痛得我连笔都快拿不住了，我好怨！我怨命，我不怨别人。

自从有了知觉，我没有得到过片刻的快乐，这几年来一直是忧忧闷闷地过日子，只有自从你我相识后，你教会了我什么叫爱情，从那爱里我才享受了片刻的快乐——一种又甜又酸的味儿，说不出的安慰！可惜现在连那片刻的幸福也没福再享受了。好了，一切不谈了，我今后也不再写什么日记，也不再提笔了。

现在还有一线的希望！就是盼你回来再见一面，我要拿我几个月来所藏着的话全盘的倒了出来，再加一颗满含着爱的鲜红的心，送给你让你安排，我只要一个没有灵魂的身体让环境去践踏，让命运去支配。

你我的一段情缘，只好到此为止了，此后我的行止你也不要问，也不要打听，你只要记住那随着别人走的是一个没有灵魂的人。我的灵魂还是跟着你的，你也不要灰心，不要骂我无情，你只来回地拿我的处境想一想，你就一定会同情我的，你也一定可以想象我现在心头的苦也许更比你重三分呢！

要是我们来不及见面的话，你也不要怨我，不是我忍心走，也不是我要走，我只是已经将身体许给了父母！我一切都牺牲了，我留给你的是这本破书，虽然写得不像话，可是字字是从我热血里滚出来的，句句是从心底里转了几转才流出来的，尤其是最后这两天！哪一字，哪一句不是用热泪写的？几次的写得我连字都看不清，连笔都拿不动，只是伏在桌上喘。我心里的痛也不用多说，我也不愿意多说，我一直是个硬汉，什么来都不怕，我平时最不爱哭，最恨流泪，可是现在一切都忍受不住了。

摩，我要停笔了，我不能再写下去了；虽然我恨不得永远地写下去，因为我一拿笔就好像有你在边儿上似的，永远地写就好像永远与你相近一般，可是现在连这唯一的安慰都要离开我了。此后"安慰"二字是永远不再会跑上我的身了，我只有极大地加速前跑；走最近的路——最快的路——往老家走罢，我觉得一个人要毁灭自己是极容易办得到的。我本来早存此念的，一直到见着你才放弃。现在又回到从前一般的境地去了。

此后我希望你不要再留恋于我，你是一个有希望的人，你的前途比我光明得多,快不要因我而毁坏你的前途,我是没有什么可惜的,像我这样的人,世间不知要有多少,你快不要伤心,我走了,暂时与你告别,只要有缘也许将来会有重见天日的一天,只是现在我是无力问闻。

  我只能忍痛地走——走到天涯地角去了。不过——你不要难受,只要记住,走的不是我,我还是日夜地在你心边呢!我只走一个人,一颗热腾腾的心还留在此地等——等着你回来将它带去啊!

一九二五年七月十七日

摩：

　　我深信世界上怕没有可以描写得出我现在心中如何悲痛的一支笔，不要说我自己这支轻易也不能动的一支。可是除此我更无可以泄我满怀伤怨的心的机会了，我希望摩的灵魂也来帮我一帮，苍天给我这一霹雳直打得我满身麻木得连哭都哭不出，浑身只是一阵阵的麻木。几日的昏沉直到今天才醒过来，知道你是真的与我永别了。摩！漫说是你，就怕是苍天也不能知道我现在心中是如何的疼痛，如何的悲伤！从前听人说起"心痛"，我老笑他们虚伪，我想人的心怎会觉得痛，这不过说说好听而已，谁知道我今天才真的尝着这一阵阵心中绞痛似的味儿了。你知道么？曾记得当初我只要稍有不适即有你声声地在旁慰问，咳，如今我即使是痛死也再没有你来低声下气的慰问了。摩，你是不是真的忍心永远的抛弃我了么？你从前不是说你我最后的呼吸也须要连在一起才不负你我相爱之情么？你为什么不早些告诉我是要飞去呢？直到如今我还是不信你真的是飞了，我还是在这儿天天盼着你回来陪我呢，你快点将未了的事情办一下，来同我一同去到云外去优游去罢,你不要一个人在外逍遥,忘记了闺中还有我等着呢!

这不是做梦么?生龙活虎似的你倒先我而去,留着一个病恹恹的我单独与这满是荆棘的前途来奋斗。志摩,这不是太惨了么?我还留恋些什么?可是回头看看我那苍苍白发的老娘,我不由一阵阵只是心酸,也不敢再羡你的清闲爱你的优游了,我再哪有这勇气,去看她这个垂死的人而与你双双飞进这云天里去围绕着灿烂的明星跳跃,忘却人间有忧愁有痛苦像只没有牵挂的梅花鸟。这类的清福怕我还没有缘去享受!我知道我在尘世间的罪还未满,尚有许多的痛苦与罪孽还等着我去忍受呢。我现在唯一的希望是你倘能在一个深沉的黑夜里,静静凄凄地放轻了脚步走到我的枕边给我些无声的私语让我在梦魂中知道你!我的大大是回家来探望你那忘不了你的爱来了,那时间,我决不张皇!你不要慌,没人会来惊扰我们的。多少你总得让我再见一见你那可爱的脸我才有勇气往下过这寂寞的岁月。你来罢,摩!我在等着你呢。

事到如今我一点也不怨,怨谁好?恨谁好?你我五年的相聚只是幻影,不怪你忍心去,只怪我无福留,我是太薄命了,十年来受尽千般的精神痛苦,万样的心灵摧残,直将我这颗心打得破碎得不可收拾,今天才真变了死灰的了,也再不会发出怎样的光彩了。好在人生的刺激与柔情我也曾尝味,我也曾容忍过了。现在又受到了人生最可怕的死别。不死也不免是朵憔悴的花瓣再见不着阳光晒也不见甘露漫了。从此我再不能知道世间有我的笑声了。

经过了许多的波折与艰难才达到了结合的日子,你我那时快乐直忘记了天有多高地有多厚,也忘记了世界上有忧愁二字,快活的日子过得与飞一般快,谁知道不久我们又走进忧城。病魔不断地来缠着我。它带着一切的烦恼,许多的痛苦,那时间我身体上受到了不可言语的沉痛,你精神上也无端的沉入忧闷。我知道你见我病身呻吟,转侧床笫,你心坎里有说不出的怜惜,满肠中有无限的伤感。你曾慰我,我却无从使你再有安逸的日子。摩,你为我荒废了你的诗意,失却了你的文兴,受着一般人的笑骂,我也只是在旁默然自恨,再没有法子使你像从前的欢笑。谁知你不顾一切的还是成天的安慰我,叫我不要因为生些病就看得前途只是黑暗,有你永远在我身边不要再怕一切无谓的闲论。我就听着你静心平气的养,只盼着天可怜我们几年的奋斗,给我们一个安逸的将来。谁知道如今一切都是幻影,我们的梦再也不能实现了,早知有今日何必当初你用尽心血地将我抚养呢?让我前年病死了,不是痛快得多么?你常说天无绝人之路,守着好了,哪知天竟绝人如此,哪里还有我平坦走着的道儿?这不是命么?还说什么?摩,不是我到今天还在怨你,你爱我,你不该轻身,我为你坐飞机吵闹不知几次,你还是忘了我的一切的叮咛,瞒着我独自地飞上天去了。

完了，完了，从此我再也听不到你那叽咕小语了，我心里的悲痛你知道么？我的破碎的心留着你来补呢，你知道么？唉，你的灵魂也有时归来见我么？那天晚上我在朦胧中见着你往我身边跑，只是那一霎眼的就不见了，等我跳着、叫着你，也再不见一些模糊的影子了。咳，你叫我从此怎样度此孤单的日月呢？真是叫天天不应，叫地地不响，苍天如何给我这样惨酷的刑罚呢！从此我再不信有天道，有人心，我恨这世界，我恨天，恨地，我一切都恨。我恨他们为什么抢了我的你去，生生的将我们两颗碰在一起的心离了开去，从此叫我无处去摸我那一半热血未干的心。你看，我这一半还是不断地流着鲜红的血，流得满身只成了个血人。这伤痕除了那一半的心血来补，还有什么法子不叫她不滴滴的直流呢？痛死了有谁知道？终有一天流完了血自己就枯萎了。若是有时候你清风一阵的吹回来见着我成天为你滴血的一颗心，不知道又要如何的怜惜如何的张皇呢。我知道你又看着两个小猫似眼珠儿乱叫乱着。我希望你叫高声些，让我好听得见，你知道我现在只是一阵阵糊涂，有时人家大声地叫着我，我还是东张西望不知声音是何处来的呢。大大，若是我正在接近着梦边，你也不要怕扰了我的梦魂像平常似的不敢惊动我，你知道我再不会骂你了，就是你扰我不睡，我也不敢再怨了，因为我只要再能得到你一次的扰，我就可以责问他们因何骗我说你不再回来，让他们看着我的摩还是丢不了我，乖乖的又回来陪伴着我了，这一回我可一定紧紧的搂抱你再不能叫你飞出我的怀抱了。天呀！可怜我，再让你回来一次吧！我没有得罪你，为什么罚我呢？摩！我这儿叫你呢，我喉咙里叫得直要冒血了，你难道还没有听见么？直叫到铁树开花，枯木发声我还是忍心等着，你一天不回来，我一天的叫，等着我哪天没有了气我才甘心地丢开这唯一的希望。

你这一走不单是碎了我的心，也收了不少朋友伤感的痛泪。这一下真使人们感觉到人世的可怕，世道的险恶，没有多少日子竟会将一个最纯白最天真不可多见的人收了去，与人世永诀。在你也许到了天堂，在那儿还一样过你的欢乐的日子，可是你将我从此就断送了。你以前不是说要我清风似的常在你的左右么？好，现在倒是你先化着一阵清风飞去天边了，我盼你有时也吹回来帮着我做些未了的事情，只要你有耐心的话，最好是等着我将人世的事办完了同着你一同化风飞去，让朋友们永远只听见我们的风声而不见我们的人影，在黑暗里我们好永远逍遥自在的飞舞。

我真不明白你我在佛经上是怎样一种因果，既有缘相聚又因何中途分散，难道说这也有一定的定数么？记得我在北平的时候，那时还没有认识你，我是成天的过着那忍泪假笑的生活。我对人老含着一片至诚纯白的心而结果反遭不少人的讥诮，竟可以说没有一个人能明白我，能看透我的。一个人遭着不可言语的痛苦，当然地不由生出厌世之心，所以我一天天地只是藏起了我的真实的心而拿一个虚伪的心来对付这混浊的社会,也不再希望有人来能真真的认识我明白我,甘心愿意从此自相摧残的快快了此残生。谁知道就在那时候会遇见了你,真如同在黑暗里见着了一线光明,遂死的人又兑了一口气,生命从此转了一个方向。摩摩,你的明白我,真算是透彻极了,你好像是成天钻在我的心房里似的,直到现在还只是你一个人是真还懂得我的。我记得我每遭人辱骂的时候你老是百般的安慰我,使我不得不对你生出一种不可言喻的感觉。我老说,有你,我还怕谁骂;你也常说,只要我明白你,你的人是我一个人的,你又为什么要去顾虑别人的批评呢?所以我哪怕成天受着病魔的缠绕也再不敢有所怨恨的了。我只是对你满心的歉意,因为我们理想中的生活全被我的病魔来打破,连累着你成天也过那愁闷的日子。可是两年来我从来未见你有一些怨恨,也不见你因此对我稍有冷淡之意。也难怪文伯要说,你对我的爱是Come and true的了。我只怨我真是无以对你,这,我只好报之于将来了。

鲁迅致许广平

鲁迅（1881~1936）

我先前偶一想到爱,总立刻自己惭愧,怕不配,因而也不敢爱某一个人……

鲁迅(1881~1936)

原名周树人,浙江绍兴人。中国现代伟大的文学家、思想家和革命家,新文化运动的旗手。

许广平,中国现代女作家,在北京女子师范大学读书期间,曾是鲁迅的学生。在后来的革命斗争中,他们终于走到了一起。

广平兄：

五日与七日的两函，今天（十一日）上午一同收到了。这封挂号信，却并无要事，不过我因为想发几句议论，倘被遗失，未免可惜，所以宁可做得稳当些。

这里的风潮似乎还在蔓延，但结果是决不会好的。有几个人已在想利用这机会高升，或则向学生方面讨好，或则向校长方面讨好，真令人看得可叹。我的事情大致已了，本可以动身了，今天有一只船，来不及坐。其次，只有星期六有船，所以于十五日才能走。这封信大约要和我同船到粤，但姑且先行发出。我大概十五日上船，也许要到十六日才开，则到广州当在十九或二十日。我拟先住广泰来栈，待和学校接洽之后，便暂且搬入学校，房子是大钟楼，据伏园来信说，他所住的一间就留给我。

助教是伏园出力，中大聘请的，俺何敢"自以为给"呢？至于其余等等，则"爆发"也好，发爆也好，我就是这么干，横竖种种谨慎，也还是种种逼迫，好像是负罪无穷。现在我就来自画招供，自卸甲胄,看看他们的第二拳是怎样的打法。我对于"来者",先是抱着博施于众的心情,但现在我不,独于其一,抱了独自求得的心情了(这一段也许我误解了原意,但已经写下,不再改了)。这即使是对头,是敌手,是枭蛇鬼怪,我都不问:要推我下来,我即甘心跌下来,我何尝高兴站在台上?我对于名声、地位,什么都不要,只要枭蛇鬼怪够了,对于这样的,我就叫作"朋友"。谁有什么法子呢?但现在之所以还只(!)说了有限的消息者:一,为己,总还想到生计问题;二,为人,是可以暂借我已成之地位,而作改革运动。但我要兢兢业业,专为这两事牺牲,是不行了。我牺牲得不少了,而享受者还不够,必要我奉献全部的性命。我现不肯了,我爱对头,我反抗他们。

这是你知道的,单在这三四年,我对于熟识的和初初相识的文学青年是怎样,只要有可以尽力之处就尽力,并没有什么坏心思。然而男的呢,他们自己之间也掩不住嫉妒,到底争起来了,一方面于心不满足,就想打杀我,给那方面也失了助力。看见我有女生在座,他们便造流言。这些流言,无论事之有无,他们是在所必造的,除非我和女人不见面。他们大抵是貌作新思想者,骨子里却是暴君,酷吏,侦探,小人。如果我再隐忍,退让,他们更要得步进步,不会完的。我蔑视他们了。我先前偶一想到爱,总立刻自己惭愧,怕不配,因而也不敢爱某一个人,但看清了他们的言行思想的内幕,便使我自信,我决不是必须自己贬抑到那么样的人了，我可以爱!

那流言，是直到去年十一月，从韦素园的信里才知道的。他说，由沉钟社里听来，长虹的拼命攻击我是为了一个女性，《狂飙》上有一首诗，太阳是自比，我是夜，月是她。他还问我这事可是真的，要知道一点详细。我这才明白长虹原来在害"单相思病"，以及川流不息的到我这里来的原因，他并不是为《莽原》，却在等月亮。但对我竟毫不表示一些敌对的态度，直待我到了厦门，才从背后骂得我一个莫名其妙，真是卑怯得可以。我是夜，则当然要有月亮的，还要什么诗，也低能得很。那时就做了一篇小说，和他开了一些小玩笑，寄到未名社去了。

那时我又写信去打听孤灵，才知道这种流言，早已有之，传播的是品青、伏园、亥情、微风、宴太。有些人又说我将她带到厦门去了，这大约伏园不在内，是送我上车的人所流布的。白果从北京接家眷来此，又将这带到厦门，为攻击我起见，便和田千顷分头广布于人，说我之不肯留居厦门，乃为月亮不在之故。在送别会上，田千顷且故意当众发表，意图中伤。不料完全无效，风潮并不稍减，因为此次风潮，根柢甚深，并非由我一人而起，而他们还要玩些这样的小巧，真可谓"至死不悟"了。

现在是夜二时，校中暗暗的熄了电灯、贴出放假布告，当即被学生发现，撕掉了。此后怕风潮还要扩大一点。

我现在真自笑我说话往往刻薄,而对人则太厚道,我竟从不疑及亥情之流到我这里来是在侦探我,虽然他的目光如鼠,各处乱翻,我有时也有些觉得讨厌。并且今天才知道我有时请他们在客厅里坐,他们也不高兴,说我房里藏了月亮,不容他们进去了。你看这是多么难以侍奉的大人先生呵。我托令弟买了几株柳,种在后园,拔去了几株玉蜀黍,母亲很可惜,有些不高兴,而宴太即大放谣诼,说我在纵容着学生虐待她。为求清宁,偏多滓秽,我早先说,呜呼老家,能否复返,是一问题,实非神经过敏之谈也。

但这些都由它去,我自走我的路。不过这次厦大风潮之后,许多学生,或要同我到广州或想转学到武昌去。为他们计,在这一年半载之中,是否还应该暂留几片铁甲在身上,此刻却还不能骤然决定。这只好于见到时再商量。不过不必连助教都怕做,同事都避忌,倘如此,可真成了流言的囚人,中了流言家的诡计了。

迅

一月十一日

郁达夫致王映霞

郁达夫（1896~1945）

不消说这一次我见到了你，是很热烈地爱你的。

郁达夫(1896~1945)

中国现代小说家、散文家。浙江富阳人,创造社主要成员之一。抗日战争时,在香港南洋群岛一带从事抗日宣传活动。主要作品有《沉沦》《春风沉醉的晚上》《她是一个弱女子》等。

郁达夫与王映霞识于1927年,同年郁达夫与原配夫人离异,和王映霞结婚。1940年,两人脱离夫妻关系。

这一封信,希望你保存着,可以作我们两人这一次交游的纪念。两月以来,我把什么都忘掉。为了你,我情愿把家庭,名誉,地位,甚而至于生命,也可以丢弃,我的爱你,总算是切而且挚了。

我几次对你说,我从没有这样的爱过人,我的爱是无条件的,是可以牺牲一切的,是如猛火电光,非烧尽社会,烧尽自身不可的。内心既感到了这样热烈的爱,你试想想看外面可不可以和你同路人一样,长不相见的?因此我几次的要求你,要求你不要疑我的卑污,不要远避开我,不要于见我的时候要拉一个第三者在内。

好容易你答应了我一次,前礼拜日,总算和你谈了半天。第二天一早起来,我又觉得非见你不可,所以又匆匆的跑上尚贤坊去。谁知事不凑巧,却遇到了孙夫人的骤病,和一位不相识的生客的到来,所以那一天我终于很懊恼地走了。那一夜回家,仍旧是没有睡着,早晨起来,就接到了你一封信——在那一天早晨的前夜,我曾有一封信发出,约你在今天到先施前面来会——你的信里依旧是说,我们俩人在这一个期间内,还是少见面的好。

你的苦衷,我未始不晓得。因为你还是一个无瑕的闺女,和男子来往交游,于名誉上有绝大的损失,并且我是一个已婚之人,尤其容易使人家误会。所以你就用拒绝我见面的方法,来防止这一层。第二,你年纪还轻,将来总是要结婚的,所以你所希望于我的,就是赶快把我的身子弄得清清爽爽,可以正式的和你举行婚礼。由这两层原因看来,可以知道你所最重视的是名誉,其次是结婚,又其次才是两人中间的爱情。不消说这一次我见到了你,是很热烈地爱你的。

正因为我很热烈地爱你,所以一时一刻都不愿意离开你。又因为我很热烈地爱你,所以我可以丢生命,丢家庭,丢名誉,以及一切社会上的地位和金钱。所以由我讲来,现在我能最重视的,是热烈的爱,是盲目的爱,是可以牺牲一切、朝不能待夕的爱。此外的一切,在爱的面前,都只有和尘沙一样的价值。真正的爱,是不容利害打算的念头存在于其间的。所以我觉得这一次我对你感到的,的确是很纯正,很热烈的爱情。

这一种爱情的保持,是要日日见面,日日谈心,才可以使它长成,使它洁化,使它长存于天地之间。而你对我的要求,第一就是不要我和你见面。我起初还以为这是你慎重将事的美德,心里很感服你,然而以我这几天自己的心境来一推想,觉得真正的感到热烈的爱情的时候,两人的不见面,是绝对的不可能的。若两个人既感到了爱情，而还可以长久不见面的说话，那么结婚和同居的那些事情，简直可以不要。尤其是可以使我得到实证的，就是我自家的经验。我和我女人的订婚，是完全由父母作主，在我三岁的时候定下的。

后来我长大了，有了知识，觉得两人中间，终不能发生出情爱来，所以几次想离婚，几次受了家庭的责备，结果我的对抗方法，就只是长年的避居在日本，无论如何，总不愿意回国。

后来因为祖母的病，我于暑假中回来了一次——那一年我已经有二十五岁了——殊不知母亲祖母及女家的长者，硬是把我捉住，要我结婚。我逃得无可再逃，避得无可再避，就只好想了一个恶毒法子出来刁难女家，就是不要行结婚礼，不要用花轿，不要种种仪式。我以为对于头脑很旧的人，这一个法子是很有效力的。哪里知道女家竟承认了我，还是要我结婚，到了七十二变变完的时候，我才走投无路，只能由他们摆布了，所以就糊里糊涂的结了婚。

但我对于我的女人，终是没有热烈的爱情的，所以结婚之后，到如今将满六载，而我和她同住的时候，积起来还不上半年。因为我对我的女人，终是没有热烈的爱情的，所以长年的漂流在外，很久很久不见面，我也觉得一点儿也没有什么。从我这自己的经验推想起来，我今天才得到了一个确实的结论，就是现在你对我所感到的情爱，等于我对于我自己的女人所感到的情爱一样。由你看起来，和我长年不见，也是没有什么的。既然是如此，那么映霞，我真真对你不起了，因为我爱你的热度愈高，使你所受的困惑也愈甚，而我现在爱你的热度，已将超过沸点，那么你现在所受的痛苦，也一定是达到了极点了。

爱情本来要两人同等的感到，同样的表示，才能圆满的成立，才能有好好的结果，才能使两方感到一样的愉快，像现在我们这样的爱情，我觉得只是我一面的庸人自扰，并不是真正合乎爱情的原则的。所以这一次因为我起了这盲目的热情之后，我自己倒还是自作自受，吃苦是应该的，目下且将连累及你也吃起苦来了。

我若是有良心的人，我若不是一个利己者，那么第一我现在就要先解除你的痛苦。你的爱我，并不是真正的由你本心而发的，不过是我的热情的反响。我这里燃烧得愈烈，你那里也痛苦得愈深，因为你一边本不在爱我，一边又不得不聊尽你的对人的礼节，勉强的与我来酬应。我觉得这样的过去，我的苦楚倒还有限，你的苦楚，未免太大了。今天想了一个下午，晚上又想了半夜，我才达到了这一个结论。由这一个结论再演想开来，我又发现了几个原因。第一我们的年龄相差太远，相互的情感是当然不能发生的。第二我自己的丰采不扬——这是我平生最大的恨事——不能引起你内部的燃烧。第三我的羽翼不丰，没有千万的家财，没有盖世的声誉，所以不能使你五体投地的受我的催眠暗示。

说到了这里，我怕你要骂我，骂我在说俏皮话讥讽你，或者你至少也要说我在无理取闹，无理生气，气你不肯和我相见，但是映霞，我很诚恳的对你说，这一种浅薄的心思，我是丝毫没有的。我从前虽则因为你不愿和我见面而曾经发过气，但到了现在——已经想前思后的想破了的现在，我是丝毫也没有怨你的心思，丝毫也没有讽骂你的心思了。我非但没有怨你讥诮你的心思，就是现在我也还在爱你。正因为爱你的原因，所以我想解除你现在的苦痛——心不由主，不得不勉强酬应的苦痛。我非但衷心还在爱你，我并且也非常的在感激你。因为我这一次见了你，才经验到了情爱的本质，才晓得很热烈的想爱人的时候的心境是如何的紧张的。我此后想遵守你所望于我的话，我此后想永远地将你留置在我的心灵上膜拜。我这一回只觉得对你不起，因为我一个人的热爱而致累及了，累你也受了一个多月的苦。我对于自己所犯的这一点罪恶，认识得很清，所以今后我对于你的报答，也仍旧是和从前一样，你要我怎么样，我就可以怎么样。

映霞，这一回我真觉得对你不起，我真累及了你了。映霞，你这一回也算是受了一回骗，把我之致累于你的事情，想得轻一点，想得开一点吧！

我还希望你不要因此而断绝了我们的友谊，不要因此而咒骂一班具有爱人的资格的男人。

这一回的事情，完全是我不好，完全是我一个人自不量力的瞎闹的结果。我这一封信，可以证明你的洁白，证明你的高尚，你不过是一个被难者,一个被疯犬咬了的人,你对我本来并没有什么好恶之感,并没有什么男女的私情的。万一你要证明你的洁白,证明你的高尚,你将这一封信发表的必要时候,我也没有什么反对的抗议。不过若没有这一种必要的事情发生的时候,我还是希望你保存着,保存到我的死后再发表。

最后我还要重说一句,你所希望我的,规劝我的话,我以后一定牢牢的记着。假使我将来若有一点成就的时候,那么我的这一点成就的荣耀,愿意全部归赠给你。

映霞,映霞,我写完了这一封信,眼泪就忍不住的往下掉了,我我……

一九二七年三月四日

林觉民致陈意映

林觉民（1887~1911）

吾自遇汝以来，常愿天下有情人都成眷属。

林觉民（1887~1911）

字意洞，号抖飞，又号天外生。汉族，福建闽侯人。少年之时，即接受民主革命思想，推崇自由平等学说。留学日本期间，加入中国同盟会。1911年春回国，留下情真意切的绝笔《与妻书》，和族亲林尹民、林文随黄兴、方声洞等革命党人勇猛地攻入总督衙门，转战途中受伤力尽被俘。在提督衙门受审时慷慨宣传革命道理，最后从容就义，史称"黄花岗七十二烈士"之一。

《与妻书》是林觉民在1911年广州起义的前三天（4月24日晚）写给陈意映的。当时，他从广州来到香港，迎接从日本归来参加起义的同志，住在临江边的一幢小楼上。夜阑人静时，想到即将到来的残酷而轰轰烈烈、生死未卜的起义以及自己的老父、弱妻稚子，他思绪翻涌，不能自已，彻夜疾书，分别写下了给父亲和妻子的诀别书，请朋友代为转交。

意映卿卿如晤：

吾今以此书与汝永别矣！吾作此书时，尚是世中一人；汝看此书时，吾已成为阴间一鬼。吾作此书，泪珠和笔墨齐下，不能竟书而欲搁笔，又恐汝不察吾衷，谓吾忍舍汝而死也，谓吾不知汝之不欲吾死也，故遂忍悲为汝言之。

吾至爱汝，即此爱汝一念，使吾勇于就死也。吾自遇汝以来，常愿天下有情人都成眷属；然遍地腥云，满街狼犬，称心快意，几家能彀？司马春衫，吾不能学太上之忘情也。语云，仁者"老吾老以及人之老，幼吾幼以及人之幼"。吾充吾爱汝之心，助天下人爱其所爱，所以敢先汝而死，不顾汝也。汝体吾此心，于啼泣之余，亦以天下人为念，当亦乐牺牲吾身与汝身之福利，为天下人谋永福也，汝其勿悲！

汝忆否？四五年前某夕，吾尝语曰："与其使我先死也，无宁汝先吾而死。"汝初闻言而怒；后经吾婉解，虽不谓吾言为是，而亦无辞相答。吾之意盖谓以汝之弱，必不能禁失吾之悲。吾先死，留苦与汝,吾心不忍,故宁请汝先死,吾担悲也。嗟夫!谁知吾卒先汝而死乎!

吾真真不能忘汝也。回忆后街之屋,入门穿廊,过前后厅,又三四折,有小厅,厅旁一室为吾与汝双栖之所。初婚三四个月,适冬之望日前后,窗外疏梅筛月影,依稀掩映,吾与汝并肩挽手,低低切切,何事不语?何情不诉?及今思之,空余泪痕。又回忆六七年前,吾之逃家复归也,汝泣告我:"望今后有远行,必以见告,妾愿随君行。"吾亦既许汝矣。前十余日回家,即欲乘便以此行之事语汝;及与汝相对,又不能启口,且以汝之有身也,更恐不胜悲,故唯日日呼酒买醉。嗟夫!当时余心之悲,盖不能以寸管形容之。

吾诚愿与汝相守以死,第以今日事势观之,天灾可以死,盗贼可以死,瓜分之日可以死,奸官污吏虐民可以死,吾辈处今日之中国,无时无地不可以死。到那时使吾眼睁睁看汝死,或使汝眼睁睁看我死,吾能之乎?抑汝能之乎?即可不死,而离散不相见,徒使两地眼成穿而骨化石,试问古来几曾见破镜重圆?则较死为苦也,将奈之何?今日吾与汝幸双健,天下之人不当死而死,与不愿离而离者,不可数计;钟情如我辈者,能忍之乎?此吾所以敢率性就死,不顾汝也。吾今死无余憾,国事成不成,自有同志者在。依新已五岁,转眼成人,汝其善抚之,使之肖我。汝腹中之物,吾疑其女也;女必像汝,吾心甚慰;或又是男,则亦教其以父志为志,则我死后尚有二意洞在也。甚幸，甚幸！吾家日后当甚贫；贫无所苦，清静过日而已。

吾今与汝无言矣。吾居九泉之下遥闻汝哭声，当哭相和也。吾平日不信有鬼，今则又望其真有。今人又言心电感应有道，吾亦望其言是实，则吾之死，吾灵尚依依旁汝也，汝不必以无侣悲。

吾平生未尝以吾所志语汝，是吾不是处；然语之，又恐汝日日为吾担忧。吾牺牲百死而不辞，而使汝担忧，的的非吾所忍。吾爱汝至，所以为汝体者唯恐未尽。汝幸而偶我，又何不幸而生今日之中国！吾幸而得汝，又何不幸而生今日之中国！卒不能独善其身。嗟夫！巾短情长，所未尽者，尚有万千，汝可以模拟得之。吾今不能见汝矣，汝不能舍吾，其时时于梦中得我乎？一恸！

辛亥三月念六夜回鼓，意洞手书。

家中诸母皆通文，有不解处，望请其指教。当尽吾意为幸。

《与妻书》译文:

爱妻意映,见字如面:

我现在用这封信跟你道一声永别了!我写这封信时,还是活在人世间的一个人;当你看这封信时,我应该已经成为阴间一鬼了。写这封信时,泪珠和墨迹一起落在纸上,还没写完信,我就想放下笔,但又怕你听不到我的心声,说我忍心弃你赴死,说我不知道你不想让我死,便就强忍着悲痛给你写下这些话。

我非常爱你,也正是因为爱你,促使我勇敢赴死。自你我相识以来,我总是希望天下的有情人都能结为夫妻,然而如今遍地血腥漫天阴云,常有凶狼恶犬出没,有几家能过得称心满意呢?江州司马同情琵琶女的遭遇,因此泪湿青衫,我不能学那种思想境界高的圣人那样忘情。古语说:仁爱的人会尊敬别人家的老人如同自家的老人,爱护别人的孩子如同爱护自己的孩子。我以爱你的心,来帮助天下人爱他们所爱的人,所以我才敢死在你之前而不顾你呀。你能体谅我这种心情吧,你要体谅我这种心情,在痛哭流涕之余,也要想到天下的老百姓,那就会当然地乐于牺牲我和你个人的幸福,为天下的人去谋求永久的福利了，你不要悲伤!

你还记得吗？四五年前的一个晚上，我曾经对你说："与其让我先死，不如让你先死。"你听了这话很生气，后来经过我委婉的解释，你虽然不说我的话是对的，但也无话可答。其实，我是在想，柔弱如你，一定经受不住失去爱人的痛苦，但我先死去，这份悲痛就注定要由你来承受，我怎忍心如此？所以宁愿你先死，让我来承担这悲痛吧。唉！谁知道我终究要先你而去。

我实在是不能忘记你啊！我又想起了我们的家，进入大门，穿过走廊，经过前厅和后厅，又转三四个弯，有一个小厅，小厅旁有一间房，那是我和你共同居住的地方。那时，我们刚结婚三四个月，正赶上冬月十五日前后，窗外稀疏的梅枝筛下月影，我和你并肩携手，那时，我们什么话不说？什么感情不倾诉呢？到现在回想起当时的情景，不由得黯然落泪。我又想起六七年前，我背着家里人出走又回到家时，你小声哭着对我说："如果你今后还要出走，那一定要告诉我，我愿随着你远行。"我答应了你。十几天前我回家，就想把这次要离开的事告诉你，可当我站在你面前时，又不开口，况且你怀孕了，我担心你不能承受悲伤，所以这几天总想喝点酒求得一醉。唉！当时我内心的悲痛，是不能用语言来形容的。

我是真的想和你相依为命直到老去，但根据现在的局势来看，天灾可以使人死亡，盗贼可以使人死亡，列强瓜分中国的时候可以使人死亡，贪官污吏虐待百姓可以使人死亡，我们这辈人生在今天的中国，国内无时无地不可以使人死亡。到那时是让我眼睁睁看你死，还是让你眼睁睁看我死？是我能这样做？还是你能这样做呢？即使我们侥幸活着，但是夫妻离别不能相见，分别两地望眼欲穿，又是何等的煎熬？试问自古以来什么时候曾见过破镜能重圆的？想来这种离散比死要痛苦啊，这将怎么办呢？今天我和你双双健在，天下不应当死却死了和不愿意分离却分离了的人却不计其数，我们能忍受这种事情吗？这是我敢于慷慨赴死而不顾你的缘故啊！

我现在死去没有什么遗憾，国家大事成功与不成功自有同志们在继续奋斗。依新已经五岁了，转眼之间就要长大成人，希望你好好地抚养他，使他像我一样。你腹中的胎儿，我猜她是个女孩，是女孩一定要像你，这样我也能略感欣慰。如果又是个男孩的话，就请培养他以父亲的志向作为志向，那么我死后还有两个我在陪你了呀。我们家以后的生活可能会很贫困，但贫困没有什么，清清静静也能过好日子。

我能说的，大概就只有这些，从今往后，我在九泉之下若能听到你的哭声，就当用哭声来和。我从来不相信有鬼，现在却又希望鬼神是真实存在的，如今又有人说人与人之间有心电感应，我也希望这是真的。那么我死了，我的灵魂还能陪在你身边，你不必因为失去我而悲伤了。

我平素不曾把我的志向告诉你，这是我的不对；可是告诉你，又怕你天天为我担忧。我为国牺牲，百死无悔万死不辞，可是让你担忧，的确不是我能忍受的。我爱你至极，只怕为你考虑不周。你有幸嫁给了我，可又为什么不幸生在今天的中国！我有幸娶到你，可又为什么不幸生在今天的中国！我终究不忍心独善其身。唉！方巾短小情义深长，没有写完的心里话，还有成千上万，你可以凭方巾领会没写完的话。我现在不能见到你了，你又不能忘掉我，大概你会在梦到我吧！写到这里太悲痛了！

辛未年三月二十六日深夜四更，意洞亲笔写。

家中各位伯母、叔母都通晓文字，有不理解的地方，希望请他们指教，应当就可以理解我的心意了。

朱自清致武钟谦

朱自清(1898~1948)

谦,好好儿放心安睡吧,你。

朱自清（1898~1948）

中国现代文学史上的散文名家，字佩弦，江苏扬州人。早年写诗，1923年以后，转向以散文创作为主，成为现代文学史上少数几个散文大家之一。代表作品有《背影》《荷塘月色》《桨声灯影里的秦淮河》等。除写作外，主要从事教学工作，曾在清华大学、西南联大任教授。抗战后，积极支持进步学生运动，1948年逝于北平。

朱自清的妻子武钟谦于1929年病逝，这是朱自清悼念妻子的一篇祭文。

谦，日子真快，一眨眼你已经死了三个年头了。这三年里世事不知变化了多少回，但你未必注意这些个，我知道。你第一惦记的是你几个孩子，第二便轮着我。孩子和我平分你的世界，你在日如此；你死后若还有知，想来还如此的。

告诉你，我夏天回家来着，迈儿（注：朱自清的长子）长得结实极了，比我高一个头。闰儿（注：朱自清的次子）父亲说是最乖，可是没有先前胖了。采芷（注：朱自清的长女）和转子（注：朱自清的次女）都好。五儿（注：朱自清的三女）全家夸她长得好看，却在腿上生了湿疮，整天坐在竹床上不能下来，看了怪可怜的。六儿，我怎么说好，你明白，你临终时也和母亲谈过，这孩子是只可以养着玩儿的，他左挨右挨到去年春天，到底没有挨过去。这孩子生了几个月，你的肺病就重起来了。我劝你少亲近他，只监督着老妈子照管就行。你总是忍不住，一会儿提，一会儿抱的。可是你病中为他操的那一分儿心也够瞧的。那一个夏天他病的时候多，你成天儿忙着，汤呀，药呀,冷呀,暖呀,连觉也没有好好儿睡过。哪里有一分一毫想着你自己,瞧着他硬朗点儿你就乐,干枯的笑容在黄蜡般的脸上,我只有暗中叹气而已。

从来想不到做母亲的要像你这样。从迈儿起,你总是自己喂乳,一连四个都这样。你起初不知道按钟点儿喂,后来知道了,却又弄不惯;孩子们每夜里几次将你哭醒了,特别是闷热的夏季。我瞧你的觉老没睡足。白天里还得做菜,照料孩子,很少得空儿。你的身子本来坏,四个孩子就累你七八年。到了第五个,你自己实在不成了,又没乳,只好自己喂奶粉,另雇老妈子专管她,但孩子跟老妈子睡,你就没有放过心;夜里一听见哭,就竖起耳朵听,工夫一大就得过去看。

十六年初,和你到北京来,将迈儿、转子留在家里;三年多还不能去接他们,可真把你惦记苦了。你并不常提,我却明白。你后来说你病就是惦记出来的;那个自然也有份儿,不过大半还是养育孩子累的。你的短短的十二年结婚生活,有十一年耗费在孩子们身上;而你一点不厌倦,有多少力量用多少,一直到自己毁灭为止。你对孩子一般儿爱,不问男的女的,大的小的。也不想到什么"养儿防老,积谷防饥",只拼命命的爱去。你对于教育老实说有些外行,孩子们只要吃得好玩得好就成了。这也难怪你,你自己便是这样长大的。况且孩子们原都还小,吃和玩本来也是要紧的。

你病重的时候最放不下的还是孩子。病的只剩皮包着骨头了,总不信自己不会好；老说："我死了，这一大群孩子可苦了。"后来说送你回家，你想着可以看见迈儿和转子，也愿意；你万不想到会一去不返的。我送车的时候，你忍不住哭了，说"还不知能不能再见"。可怜，你的心我知道，你满想着好好儿带着六个孩子回来见我。谦，你那时一定这样想，一定的。

除了孩子，你心里只有我。不错，那时你父亲还在，可是母亲死了，他另有个女人，你老早就觉得隔了一层似的。出嫁后第一年你虽还一心一意依恋着他老人家，到第二年上我和孩子可就将你的心占住，你再没有多少工夫惦记他了。

你还记得第一年我在北京，你在家里。家里来信说你待不住，常回娘家去，我动气了，马上写信责备你。你叫人写了一封复信，说家里有事，不能不回去。这是你第一次也可以说第末次的抗议，我从此就没给你写信，暑假时带了一肚子主意回去，但见了面，看你一脸笑，也就拉倒了。打这时候起，你渐渐从你父亲的怀里跑到我这儿。你换了金镯子帮助我的学费，叫我以后还你；但直到你死，我没有还你。你在我家受了许多气，又因为我家的缘故受你家里的气，你都忍着。这全为的是我，我知道。那回我从家乡一个中学半途辞职出走。家里人讽你也走。哪里走！只得硬着头皮往你家去。那时你家像个冰窖子，你们在窖里足足住了三个月。好容易我才将你们领出来了，一同上外省去。小家庭这样组织起来了。你虽不是什么阔小姐，可也是自小娇生惯养的，做起主妇来，什么都得干一两手；你居然做下去了，而且高高兴兴地做下去了。菜照例满是你做，可是吃的都是我们；你至多夹上两三筷子就算了。

你的菜做得不坏，有一位老在行大大地夸奖过你。你洗衣服也不错，夏天我的绸大褂大概总是你亲自动手。你在家老不乐意闲着；坐前几个"月子"，老是四五天就起床，说是躺着家里事没条没理的。其实你起来也还不是没条没理；我们家那么多孩子，哪儿来条理？在浙江住的时候。逃过两回兵难，我都在北平。真亏你领着母亲和一群孩子东藏西躲的；末一回还要走多少里路，翻一道大岭。这两回差不多只靠你一个人。你不但带了母亲和孩子们，还带了我一箱箱的书；你知道我是最爱书的。在短短的十二年里，你操的心比人家一辈子还多；谦，你那样身子怎么经得住！你将我的责任一股脑儿担负了去，压死了你；我如何对得起你！

你为我的带什子书也费了不少神；第一回让你父亲的男佣人从家乡捎到上海去。他说了几句闲话，你气得在父亲面前哭了。第二回是带着逃难，别人都说你傻子。你有你的想头："没有书怎么教书？况且他又爱这个玩意儿。"其实你没有晓得，那些书丢了也并不可惜；不过叫你怎么晓得，我平常从来没和你谈过这个！总而言之，你的心是可感谢的。这十二年里你为我吃的苦真不少，可是没有过几天好日子。我们在一起住，算来也不到五个年头。无论日子怎么坏，无论离是合，你从来没对我发过脾气，连一句怨言也没有——别说怨我，就是怨命也没有过。老实说，我的脾气可不大好，迁怒的事儿有的是。那些时候，你往往抽噎着流眼泪，从不回嘴，也不号啕。不过我也只信得过你一个人，有些话我也只对你一个人说，因为世界上只你一个人真关心我，真同情我。你不但为我吃苦，更为我分苦；我之有我现在的精神，大半是你给我培养着的。

这些年来我很少生病。但我最不耐烦生病，生了病就呻吟不绝，闹那侍候病的人。你是领教过一回的，那回只一两点钟，可是也够麻烦了。你常生病，却总不开口，挣扎着起来；一来怕搅我，二来怕没人做那份儿事。我有一个坏脾气，怕听人生病，也是真的。后来你天天发烧、自己还以为南方带来的疟疾。一直瞒着我。明明躺着，听见的脚步，一骨碌就坐起来。我渐渐有些奇怪，让大夫一瞧，这可糟了，你的一个肺已烂了一个大窟窿了！大夫劝你到西山去静养，你丢不下孩子，又舍不得钱；劝你在家里躺着，你也丢不下那份家务。越看越不行了：这才送你回去。明知凶多吉少，想不到只一个月工夫你就完了！本来盼望还见得着你，这一来可拉倒了。你也何尝想到这个？父亲告诉我，你回家独住着一所小住宅，还嫌没有客厅，怕我回去不便哪。

前年夏天回家，上你坟上去了。你睡在祖父母的下首，想来还不孤单的。只是当年祖父母的圹（注：墓穴）大小了，你正睡在圹底下。这叫作"抗圹",在生人看来是不安心的;等着想办法罢。那时圹上圹下密密地长着青草,朝露浸湿了我的布鞋,你刚埋了半年多,只有圹下多出一块土,别的全然看不出新坟的样子。我和隐(注:即陈竹隐,朱自清的后妻)今夏回去,本想到你的坟上来;因为她病了没来成。我们想告诉你,五个孩子都好,我们一定尽心教养他们,让他们对得起死了的母亲——你!谦,好好儿放心安睡吧,你。

瞿秋白致王剑虹

瞿秋白（1899~1935）

你偏偏爱我，我偏偏爱你——这是冤家，这是『幸福』。

瞿秋白(1899~1935)

本名双,江苏常州人。中国无产阶级革命家、理论家、宣传家。

王剑虹,重庆酉阳龙潭镇人。是瞿秋白的第一任夫人,也是著名作家丁玲在上海大学的挚友,是一位聪慧的时代女性。1924年秋,不幸因患肺病在上海病逝,年仅23岁。

这是1924年瞿秋白到广州参加国民党第一次全国代表大会期间,写给新婚妻子王剑虹的情书,情书几乎每天一封,火一般的炽热。只是,瞿秋白怎么也没想到,结婚仅仅七个月,王剑虹患肺结核去世。刚享受到爱情的甜蜜,便要阴阳两相隔,确确实实太过遗憾。

虹：

  你偏偏爱我，我偏偏爱你——这是冤家，这是"幸福"。唉！我恨不能插翅飞回吻……

  爱恋未必要计较什么幸福不幸福。爱恋生成是先天的……单只为那"一把辛酸泪"，那"暗暗奇气来袭我的心"的意味也就应当爱了——这是人间何等高尚的感觉！我现在或者可以算是半"个"人了。

  梦可！梦可！我叫你，你听不见，只能多画几个"！！！！！"可怜，可怜啊！

秋白

一月十二日

虹：

　　我们要一个共同生活相亲相爱的社会，不是要——机器、楼房啊。这一点爱苗是人类将来的希望……

　　要爱，我们大家都爱——是不是？

　　——没有爱便没有生命；谁怕爱，谁躲避爱，他不是自由人——他不是自由花魂。

秋白
一月十三日

虹：

　　这两天虽然没有梦，然而我做事时总是做梦似的——时时刻刻晃着你的影子……没有你，我怎能活？以前没有你，不知我怎样过来的。我真不懂了，我将来没有你便又怎样呢？我希望我比你先没有……

　　　　　　　　　　　　　　　　　　　　　　秋白

　　　　　　　　　　　　　　　　　　　　　　一月十六日

仰妝制

瞿秋白致杨之华

瞿秋白(1899~1935)

之华,我只是想着你,想着你的心——这是多么甜蜜和陶醉。

瞿秋白（1899～1935）

又名霜，江苏常州人。中国无产阶级革命家、理论家、文学家。

杨之华是瞿秋白的第二任夫人。1924年加入中国共产党。在瞿秋白牺牲后，她曾与鲁迅等合作，编辑出版了瞿秋白的部分著译。新中国成立以后，历任全国妇联副主席、全国人大常委会委员等职。

之华：

今天接到你二月二十四日的信，这封信算是走得很快的了。你的信，是如此之甜蜜，我像饮了醇酒一样，陶醉着。我知道你同着独伊（注：即瞿独伊，瞿秋白的女儿）去看《青鸟》，我心上非常之高兴。《青鸟》是梅德林（比利时的文学家）的剧作，俄国剧院做得很好的。我在这里每星期也有两次电影看，有时也有好片子，不过从我来到现在，只有一次影片是好的，其余不过是消磨时间罢了。独伊看了《青鸟》一定是非常高兴，我的之华，你也要高兴的。

之华，我想如果我不延长在此的休息期，我三月八日就可以到莫斯科，如果我还要延长两星期那就要到三月二十日。我如何是好呢？我又想快些快些见着你，又想依你的话多休息几星期。我如何呢？之华，体力是大有关系的。我最近几天觉得人的兴致好些，我要运动，要滑雪，要打乒乓球，想着将来的工作计划，想着如何的同你在莫斯科玩耍，如何的帮你读俄文，教你练习汉文。我自己将来想做的工作，我想是越简单越好，以前总是"贪多少做"。可是，我的肺病仍然是不大好，最近两天右部的胸膛痛得利害，医生又叫我用电光照了。

之华，《小说月报》怎么还没有寄来，问问云白看！

之华，独伊如此的和我亲热了，我心上极其欢喜，我欢喜她，想着她的有趣齐整的笑容，这是你制造出来的啊！之华，我每天总是梦着你或是独伊。

梦中的你是如此之亲热……哈哈。要睡了，要再梦见你。

秋白

二月二十六日晚

之华：

昨天接到你的三封信，只草草的写了几个字，一是因为邮差正要走了，二是因为兆征死的消息震骇得不堪，钱寄到的时候，我都不知道！（三十元已接到）

整天的要避开一切人——心中的悲恸似乎不能和周围的笑声相容。面容是呆滞的，孤独的在冷清清的廊上走着。大家的欢笑，对于我都是很可厌的。那厅里送来的歌声，只使我想起：一切人的市侩式的幸福都是可鄙的，天下有什么事是可乐的呢？

一九二二年香港罢工（海员）的领袖，他是党里工人领袖中最直爽最勇敢的，如何我党又有如此之大的损失呢？前月我们和史太林谈话时，他所关心的问题，是如何的切合于群众斗争的需要；他所教训我的——尤其是八七之后，是如何的深切。

可是他的死状，我丝毫也不知道，之华，你写的信里说得太不明白了。他是如何死的呢？

之华，你自己的病究竟怎样？我昨天因为兆征死的消息和念着你的病,一夜没有安眠,乱梦和噩梦颠倒神魂,今天觉得很不好过。我钱已经寄到了,一准二十一日早晨动身回莫。你快通知云,叫他和□□(注:原文无法辨认)商量,怎样找汽车二十二日早上来接我,在布良斯克车站——车到的时刻可以去问一问;我这里是二十一日下午五时……分从利哥夫车站开车。之华,你能来接我更好了!!!

之华,我只是想着你,想着你的心——这是多么甜蜜和陶醉。我的爱是日益的增长着,像火山的喷烈,之华,我要吻你,我俩格外的要保重自己的身体——我党的老同志凋谢得如此之早啊。仿佛觉得我还没有来得及做着丝毫呢!!

秋白

三月十二日

之华：

临走的时候，极想你能送我一站，你竟徘徊着。

海风是如此的飘漾，晴朗的天日照着我俩的离怀。相思的滋味又上心头，六年以来，这是第几次呢？空阔的天穹和碧落的海光，令人深深的了解那"天涯"的意义。

海鸥绕着桅樯，像是依恋不舍，其实双双栖宿的海鸥，有着自由的两翅，还羡慕人间的鞅掌。我俩只是少健康，否则如今正是好时光，像海鸥样的自由，像海天般的空旷，正好准备着我俩的力量，携手上沙场。之华，我梦里也不能离你的印象。

独伊想起我吗？

你一定要将地名留下，我在回来之时，要去看她一趟。

下年她要能换一个学校，一定是更好了。你去那里，尽心的准备着工作，见着娘家的人，多么好的机会。

我追着就来，一定是可以同着回来，不像现在这样寂寞。

你的病怎样？我只是牵记着。

可惜,这次不能写信,你不能写信。我要你弄一本小书,将你要写的话,写在书上,等我回来看!好不好?

秋白

七月十五日

闻一多致高孝贞

闻一多（1899~1946）

亲爱的，午睡醒来，我又在想你。

闻一多（1899~1946）

本名家骅，湖北黄冈市浠水县人。曾留学美国。早年参加新月社，著有诗集《红烛》《死水》等，为中国新诗的发展做出了显著的贡献。同时，他又是一位治学谨严、颇负盛名的学者。他积极投入民主救亡运动，后为敌人暗杀。

闻一多和妻子高孝贞的婚姻是父母包办的，14岁的闻一多刚考上清华大学时，父母就为他订下亲事。1922年初，闻一多赴美留学前夕与高孝贞成婚，婚后夫妻之间十分恩爱。高孝贞逐渐从一个生活伴侣，成为闻一多先生事业上的有力支持者。闻一多先生遇害后，高孝贞改名高真，投身到解放区。中华人民共和国成立后，高真女士又先后当选为河北省和北京市的政协委员，1983年11月病逝，享年81岁。

亲爱的妻：

　　这时他们都出去了，我一人在屋里，静极了，静极了，我在想你，我亲爱的妻。我不晓得我是这样无用的人，你一去了，我就如同落了魂一样。我什么也不能做。前回我骂一个学生为恋爱问题读书不努力，今天才知道我自己也一样。这几天忧国忧家，然而最不快的，是你不在我身边。亲爱的，我不怕死，只要我俩死在一起。我的心肝，我亲爱的妹妹，你在哪里？从此我再不放你离开我一天，我的肉，我的心肝！你一哥在想你，想得要死！亲爱的，午睡醒来，我又在想你。时局确乎要平静下来，我现在一心一意盼望你回来，我的心这时安静了好多。

一九三七年七月十六日

妹：

　　今天早晨起来拔了半天草，心里想到等你回来看着高兴，荷花也放了苞，大概也要等你回来开，一切都是为你。

一九三七年年七月十七日早

贞：

  此次出门来，本不同平常，你们一切都时时在我挂念之中，因此盼望家信之切，自亦与平常不同。然而除三哥为立恕的事，来过两封信外，离家将近一月，未接家中一字。这是什么缘故？出门以前，曾经跟你说过许多话，你难道还没有了解我的苦衷吗？出这样的远门，谁情愿，尤其在这种时候？一个男人在外边奔走。千辛万苦，不外是名与利。名也许是我个人的事，但名是我已经有了的，并且在家里反正有书可读，所以在家里并不妨害我得名。这回出来唯一目的，当然为的是利。讲到利，却不是我个人的事，而是为你我，和你我的儿女。何况所谓利，也并不是什么分外的利，只是求将来得一温饱，和儿女的教育费而已。这道理很简单，如果你还不了解我，那也太不近人情了！这里清华北大南开三个学校的教职员，不下数百人，谁不抛开妻子跟着学校跑？连以前打算离校，或已经离校了的，现在也回来一齐去了。你或者怪了我没有就汉口的事，但是我一生不愿做官，也实在不是做官的人，你不应勉强一个人做他不能做不愿做的事。

我不知道这封信写给你,有用没有。如果你真是不能回心转意,我又有什么办法?儿女们又小,他们不懂,我有苦向谁诉去?那天动身的时候,他们都睡着了,我想如果不叫醒他们,说我走了,恐怕第二天他们起来,不看见我,心里失望,所以我把他们一个个叫醒,跟他说我走了,叫他再睡。但是叫到小弟,话没有说完,喉咙管硬了,说不出来,所以大妹我没有叫,实在是不能叫。本来还想嘱咐赵妈几句,索性也不说了。我到母亲那里去的时候,不记得说了些什么话,我难过极了。出了一生的门,现在更不是小孩子,然而一上轿子,我就哭了。母亲这大年纪,披着衣裳坐在床边,父亲和驷弟半夜三更送我出大门,那时你不知道是在睡觉呢还是生气。现在这样久了,自己没有一封信来,也没有叫鹤、雕随便画几个字来。我也常想到,四十岁的人,何以这样心软。但是出门的人盼望家信,你能说是过分吗?到昆明须四十余日,那么这四十余日中是无法接到你的信的。如果你马上就发信到昆明,那样我一到昆明,就可以看到你的信。不然,你就当我已经死了,以后也永远不必写信来。

多

一九三八年二月十五日

贞：

在昆明所发航空信想已收到。我们五月三日启程来蒙自，当日在开远住宿（前信说在壁虱寨，错误），次日至壁虱寨（地图或称碧色寨）换车，行半小时，即抵蒙自。

到此，果有你们的信四封之多，三千余里之辛苦，得此犒赏，于愿足矣！你说以后每星期写一信来，更使我喜出望外。希望你不失信。如果你每星期真有一封信来，我发誓也每星期回你一封。在先总以为蒙自地方甚大，到此大失所望。数十年前，蒙自本是云南省内第一个繁荣的城市。但当法国人修滇越铁路的时候，愚蠢的蒙自人不知为何誓死反对他通过。于是铁路绕道由壁虱寨经过，于是蒙自的商务都被开远与昆明占去，而自己渐渐变为一个死城了。到如今，这里没有一家饭馆，没有澡堂，文具店里没有糊糊与拍纸簿，广货店里没有帐子。

这都是我到此后急于需要的东西，而发现他都没有。

然而有些现象又非常奇怪。这里有的是大洋楼，例如法国海关，法国医院，歌胪士洋行等等，都是关着门没有人住的高楼大厦，现在都以每年三两元的租金租给联合大学作校舍了。自从蒙自觉悟当初反对铁路通过之失策，于是中国自己筑了一条轻便铁道，从壁虱寨经过蒙自与个旧，以至石（屏），名曰壁个石铁路，（我们从壁虱寨换车来到蒙自，便是这条铁路。）但是蒙自觉悟太晚了，他的繁荣仍旧无法挽回。

直到今天，三百多学生，几十个教职员，因国难关系，逃到这里来讲学，总算给蒙自一阵意外的热闹，可惜这局面是暂时的，而且对于蒙自的补益也有限。

总之，蒙自地方很小，生活很简单。因为有些东西本地人用不着，我们却不能不用的，这些东西都是外来的，价钱特别贵，所以我们初到此需要一笔颇大的"开办费"。

但这些东西办够了，以后恐怕就有钱无处用了，归根的讲，我们住蒙自还是比住昆明市强。

前天经过开远的时候，遇见殷先生全家新从海道来，往昆明去。

殷太太当然问起你，殷益蕃和他们大妹望着我笑，虽然没有说话，但我明白他们心里是在说"闻立鹤闻立雕呢？"余肇池先生现在就住在我隔壁，余太太和他们全家住在昆明，大概不搬到蒙自来，反正蒙自到昆明，快车只一天路程。张荫麟在昆明，他太太住在香港，暂时不来。

汪一彪在昆明，太太快来了。此外一时想不起，就住在我隔壁房间的讲，陈寅恪浦薛凤沈乃正家眷都未来。但也有租好房子，打算接家眷的，如朱佩弦王化成等是也。

问你安好！

一九三八年五月五日

贞：

今天接到你六月二十四日的信，说三四日内动身来省，现在想已来到，婆婆想已去沙洋，爹爹何时来省，细叔现在何处，来函盼告我。武汉局势暂时似不要紧，近日敌机仿佛也不大到武汉来，你们暂时在武昌住下再说，万一空袭来得厉害，就往咸宁躲一躲，请大舅在武昌我家暂住，以便照料。

旧衣服可先寄来，我需要的裤褂以及你们应添的衣服，若来得及，无妨做起来，也由邮局寄来，上次信上说到学校迁移的事，究竟迁到什么地方，现在尚未决定。如果在昆明附近，我们还是住昆明，但我一时又不能到昆明去找房子，二十五日考大考，我大概要月底把卷子看完，才能离开蒙自，你们最好也在月底动身，汽车票听说要早买，或者月半前后请大舅上长沙去一趟，把票先买回来，亦无不可。

将来走时，仍请大舅送至长沙，到贵阳可由我的同班聂君照料，下次我再寄一封介绍信来。细叔的事大致无问题，上次信中已说过，细娘是否同来，关于他们的情形，来信请告诉我，以便好找房子，现在计划已经大致决定，我想你心里可以高兴点，只再等一个月，我们就可见面，这次你来了，以后我当然决不再离开你，无论如何，我决不再离开你一步，我想，你也是这样想吧？叫孩子们放乖些，鹤、雕读书写字不可间断，前回信上说你又有些发心慌，现在好了没有？

多

一九三八年七月一日

前请三哥定《大公报》，如未定，请不要定了。

梁启超致李蕙仙

梁启超（1873~1929）

卿之与我，非徒如寻常人之匹偶，实算道义肝胆之交，必能不负所托也。

梁启超（1873~1929）

梁启超字卓如，号任公，别号沧江，又号饮冰室主人，广东新会人。中国近代思想家、政治家、教育家、史学家、文学家，戊戌变法领袖之一，与康有为并称为"康梁"。

李蕙仙，出生于北京南边的固安县，光绪十七年（1891年），23岁时与19岁的梁启超结婚。李蕙仙与梁启超一起经历了清末民初政坛、文坛的惊涛骇浪，也是梁文的第一位读者。

此信写于"百日维新"失败后，当时慈禧命令两广总督捉拿梁启超的家人，梁家避居澳门，逃过了一场灭门之灾。梁启超只身前往日本，开始了长达十几年的流亡生涯，李惠仙成了整个梁家的支柱。在几个月内，梁启超给她写了数封家书，高度赞扬了她在清兵抄家时的镇定表现，鼓励她坚强地活下去，并告诉她读书之法、解闷之言，万种浓情凝于笔端。

蕙仙：

南海师来，得详闻家中近状，并闻卿慷慨从容，词色不变，绝无怨言，且有壮语。闻之喜慰敬服，斯真不愧为任公闺中良友矣。大人遭此变惊，必增抑郁，唯赖卿善为慰解，代我曲尽子职而已。卿素知大义，此无待余之言，唯望南天叩托而已。令四兄最为可怜，吾与南海师念及之。辄为流涕。此行性命不知何如，受余之累，恩将仇报，真不安也。

译局款二万余金存在京城百川通，吾出京时，已全文托令十五兄，想百川通不至赖账。令兄等未知我家所在，无从通信及汇寄银两，卿可时以书告之，需用时即向令兄支取可也。闻家中尚有四百余金，目前想可敷用。吾已写信给吴小村先生处，托其代筹矣。所存之银，望常以二百金存于大人处，俾随时可以使用，至要。若全存在卿处，略有不妥，因大人之性情，心中有话，口里每每不肯说出，若欲用钱时，手内无钱，又不欲向卿取，则必生烦恼矣。

望切依吾言为盼。卿此时且不必归宁（令十五兄云拟迎卿至湖北），因吾远在外国，大人遭此患难，决不可少承欢之人，吾全以此事奉托矣。卿之与我，非徒如寻常人之匹偶，实算道义肝胆之交，必能不负所托也。

吾在此受彼国政府之保护，其为优礼，饮食起居一切安便。张顺不避危难，随我东来，患难相依，亦义仆也。身边小事，有渠料理，方便如常，可告知两大人安心也。

蕙仙：

本埠自西五月初一日，始弛疫禁，余即遍游各小埠演说。现已往者两埠，未往者尚三埠。檀山召八岛布列于太平洋中，欲往小埠，必乘轮船，航海而往，非一月不能毕事，大约西六月始能他行也。来檀不觉半年矣，可笑。女郎何蕙珍者，此间一商人之女也。其父为保皇会会友。蕙珍年二十，通西文，尤善操西语，全檀埠男子无能及之者，学问见识皆甚好，喜谈国事，有丈夫气，年十六即为学校教师，今四年矣。一夕其父请余宴于家中，座有西国缙绅名士及妇女十数人，请余演说，而蕙珍为翻译。明晨各西报即遍登余演说之语，颂余之名论，且兼赞蕙珍之才焉。

余初见蕙珍，见其粗头乱服如村姑，心忽略之；及其人座传语，及大惊，其目光炯炯，绝一好女子也。及临行与余握手（檀俗华人行西例，相见以握手为礼，男女皆然。）而言曰："我万分敬爱梁先生，虽然，可惜仅爱而已，今生或不能相遇，愿期诸来生，但得先生赐以小像，即遂心愿。"余是时唯唯而已，不知所对。又初时有一西报为领事所嘱,诬谤余特甚,有人屡作西文报纸与之驳难,而不著其名,余遍询同志,皆不知。及是夕,蕙珍携其原稿示我,乃知皆蕙珍所作也。余益感服之。虽近年以来,风云气多,儿女情少,然见其事、闻其言,觉得心中时时刻刻有此人,不知何故也。越数日,使赠一小像去(渠报以两扇),余遂航海往游附属各小埠,半月始返。既返,有友人来谓余曰:"先生将游美洲,而不能西语,殊为不便,亦欲携一翻译同往乎?"余曰:"欲之,然难得妥当人。"友人笑而言曰:"先生若志欲学西语,何不娶一西妇晓华语者,一面学西文,一面当翻译,岂不甚妙?"余曰:"君戏我,安有不相识之西人闺秀而肯与余结婚?且余有妇,君岂未知之乎!"友人曰:"某何人敢与先生作戏言?先生所言,某悉知之,某今但问先生,譬如有此闺秀,先生何以待之?"余熟思片时,乃大悟,遂谓友人曰:"君所言之人,吾知之,吾甚敬爱之,且特别思之。虽然,吾尝与同志创立一人一妻世界会,今义不可背,且余今日万里亡人,头颅声价,至值十万,以一身往来险地,随时可死,今有一荆妻,尚且会少离多,不能厮守,何可更累人家好女子。况余今日为国事奔走天下,一言一动,皆为万国人所观瞻,今有此事,旁人岂能谅我?请君为我谢彼女郎,我必以彼敬爱我之心敬爱彼,时时不忘,如是而已。"友人未对,余忽又有所感触,乃又谓之曰:"吾欲替此人执柯可乎?"盖余忽念及孺博也。友人遽曰:"先生既知彼人,某亦不必吞吐其词,彼人目中岂有一男子足当其一盼？彼于数年前已誓不嫁矣。请先生勿再他言。"遂辞去。

今日（距友人来言时五日也）又有一西人请余赴宴，又请蕙珍为翻译，其西人（即前日在蕙珍家同宴者）乃蕙珍之师也。余于席上与蕙珍畅谈良久，余不敢道及此事，彼亦不言，却毫无爱恋抑郁之态，但言中国女学不兴为第一病源，并言当何整顿小学校之法以教练儿童，又言欲造切音新字，自称欲以此两事自任而已。又劝余人耶苏教，盖彼乃教中人也。其言滔滔汩汩，长篇大段。使几穷于应答。余观其神色，殆自忘为女子也。我亦几忘其为女子也。余此次相会，以妹呼之。余曰："余今有一女儿，若他日有机缘，当使之为贤妹女弟子。"彼亦诺之不辞。彼又谓余曰："闻尊夫人为上海女学堂提调，想才学亦如先生，不知我蕙珍今生有一相见之缘否？先生有家书，请为我问好。"余但称惭愧而已。临别，伊又谓余曰："我数年来，以不解华文为大憾事，时时欲得一通人为师以教我，今既无可望，虽然，现时为小学校教习，非我之志也。我将积数年束脩所入，特往美洲就学于大学堂，学成归国办事。先生他日维新成功后，莫忘我。有创办女学堂之事，以一电召我，我必来。我之心唯有先生"云云，遂握手珍重而别。余归寓后，愈益思念蕙珍，由敬重之心，生出爱恋之念来，几于不能自持。明知待人家闺秀，不应起如是念头，然不能制也。

酒阑人散，终夕不能成寐，心头小鹿，忽上忽落，自顾生平二十八年，未有如此可笑之事者。今已五更矣，起提笔详记其事，以告我所爱之蕙仙，不知蕙仙闻此将笑我乎？抑恼我乎？吾意蕙仙不笑我，不恼我，亦将以我敬爱蕙珍之心而敬爱之也。吾因蕙仙得谙习官话，遂以驰骋于全国；若更因蕙珍得谙习英语，将来驰骋于地球，岂非绝好之事。而无如揆之天理，酌之人情，按之地位，皆万万有所不可也。吾只得怜蕙珍而已。然吾观蕙珍磊磊落落，无一点私情，我知彼之心地，必甚洁净安泰，必不如吾之可笑可恼。故吾亦不怜之，唯有敬爱之而已。蕙珍赠我两扇，言其手自织者，物虽微而情可感，余已用之数日，不欲浪用之。今以寄归，请卿为我什袭藏之。卿亦视为新得一妹子之纪念物，何如？呜呼，余自顾一山野鄙人，祖宗累代数百年，皆山居谷汲耳。今我仍以二十余岁之少年，虚名振动五洲，至于妇人女子为之动容，不可为非人生快心之事。而我蕙仙之与我，虽复中经忧患，会少离多，然而美满姻缘，百年恩爱，以视蕙珍之言，今生不能相遇，愿期诸来生者，何如岂不过之远甚！惟念及此，唯当自慰，勿有一分抑郁愁思可也。有檀山《华夏新报》（此报非我同志）所记新闻一段剪出，聊供一览。此即记我第一次与蕙珍相会之事者也。

下田歌手之事，孝高来书言之。此人极有名望，不妨亲近之，彼将收思顺为门生云。卿可放缠足否？宜速为之，勿令人笑维新党首领之夫人尚有此恶习也。此间人多放者，初时虽觉痛苦，半月后即平复矣。不然，他日蕙珍妹子或有相见之时，亦当笑杀阿姊也。一笑。家中坟墓无事，可勿念。大人闻尚在香港云。

一九〇〇年五月二十四日

蕙仙鉴：

得六月十二日复书，为之大惊，此事安可以禀堂上？卿必累我挨骂矣；即不挨骂，亦累老人生气。若未寄禀，请以后勿再提及可也。前信所言不过感彼诚心，余情缱绻，故为卿絮述，以一吐其胸中之结耳。以理以势论之，岂能有此妄想。吾之此身，为众人所仰望，一举一动，报章登之，街巷传之，今日所为何来？君父在忧危，家国在患难，今为公事游历，而无端牵涉儿女之事，天下之人岂能谅我？我虽不自顾，岂能不顾新党全邦之声名耶？

吾既已一言决绝，且以妹视之，他日若有所成复归故乡，必迎之家中，择才子相当者为之执柯，（吾因无违背公理，侵犯女权之理。若如蕙珍者岂可屈以妾媵。但度其来意，无论如何席位皆愿就也。唯任公何人，肯辱没此不可多得之人才耶？）设一女学校，使之尽其所长，是即所以报此人也。至于他事，则此心作沾泥絮也久矣。吾于一月来，游历附近各小埠，日在舟车鞍马上，乡人接待之隆，真使人万万不敢当。然每日接客办事，无一刻之暇，劳顿亦极矣。卿来信所嘱，谓此事若作罢论，请即放过一边，勿常常记念，以保养身子云云。此却是卿过虑之处。曾记昔与卿偶谈及，卿问别后相思否？吾答以非不欲相思，但可惜无此暇日耳。于卿且然，何况蕙珍？在昔且然，何况今日？唯每接见西人，翻译者或不能达意，则深自愤恨，辄忆此人不置耳。近亦月余不见此人，因前事颇为外人所传闻，有一问者，吾必力言并无其影响，盖恐一播扬，使蕙珍难为情也。因此之故，更避嫌疑，不敢与相见。今将行矣，欲再图一席叙话，不知能否也。

拳匪陷京津，各国干涉，亡国在即，吾党在南，不识能乘时否？嗟夫！嗟夫！吾独何心，尚喁喁作儿女语耶？再者，卿来书所论，君非女子不能说从一而终云云，此实无理。吾辈向来倡男女平权之论，不应作此语。与卿相居十年，分携之日，十居八九，彼此一样，我可以对卿无愧，虽自今以后，学大禹之八年在外，三过其门而不入，卿亦必能谅我。若有新人双双偕游各国，恐卿虽贤达，亦不能无小芥蒂也。一笑！吾虽忙杀，然知卿闲杀闷杀，故于极忙之中，常不借偷半夕之闲，写数纸与卿对语。任公血性男子，岂真太上忘情者哉。其于蕙珍，亦发乎情，止乎礼义而已。

蔡元培致黄仲玉

蔡元培（1868~1940）

汝所爱者，我也，我当善自保养，尽力于社会，以副汝之爱。

蔡元培(1868~1940)

中国现代教育家、革命家、政治家,浙江绍兴人。1902年与章炳麟发起组织中国教育会,创办爱国学社和《警钟日报》。曾任南京临时政府教育总长。倡导国民教育、实利教育、公民道德教育等,提出改革学制,男女同校等主张。1917年任北京大学校长,支持李大钊等倡导的新文化运动。

这封信是1921年,蔡元培在国外考察途中听到妻子不幸去世后写下的祭文。

呜呼！仲玉，竟舍我而先逝耶：自汝与我结婚以来，才二十年，累汝以儿女，累汝以家计，累汝以国内、国外之奔走，累汝以贫困，累汝以忧患，使汝善书、善画、善为美术之天才，竟不能无限发展，而且积劳成疾，以不得尽汝之天年。

呜呼！我之负汝何如耶！

我与汝结婚之后，屡与汝别，留青岛三月，留北京译学馆半年，留德意志四年，革命以后，留南京及北京阅月，前年留杭县四月，加以其他短期之旅行，二十年中，与汝欢聚者不过十二三年耳。

呜呼！孰意汝舍我如是其速耶！凡我与汝别，汝往往大病，然不久即愈。我此次往湖南而汝病，我归汝病剧，及汝病渐痊，医生谓不日可以康复，我始敢放胆而为此长期之旅行。岂意我别汝而汝病加剧，以至于死，而我竟不得与汝一诀耶！我将往湖南，汝恐我不及再回北京，先为我料理行装，一切完备。我今所服用者，何一非汝所采购，汝所整理！处处触目伤心，我其何以堪耶！

汝孝于亲，睦于弟妹，慈于子女。

我不知汝临终时，一念及汝死后老父、老母之悲切，弟妹之伤悼，稚女、幼儿之哀痛，汝心其何以堪耶！汝时时在纷华靡丽之场，内之若上海及北京，外之若柏林及巴黎，我间欲为汝购置稍稍入时之衣饰，偕往普通之场所，而汝辄不愿。对于北京妇女以酒食赌博相征逐，或假公益之名以鹜声气而因缘为利者，尤慎避之，不敢与往来。常克勤克俭以养我之廉，以端正子女之习惯。

呜呼！我之感汝何如，而意不得一当以报汝耶！汝爱我以德，无微不至。对于我之饮食、起居、疾痛、疴养，时时悬念，所不待言。

对于我所信仰之主义，我所信仰之朋友，或所见不与我同，常加规劝，我或不能领受，以至与汝争论；我事后辄非常悔恨，以为何不稍稍忍耐，以免伤汝之心。呜呼！而今而后，再欲闻汝之规劝而不可得矣，我唯有时时铭记汝往日之言以自检耳。

汝病剧时，劝我按预约之期以行，而我不肯。汝自料不免于死，常祈速死，以免误我之行期。

我当时认为此不过病中愤感之谈，及汝小愈，则亦置之。呜呼！岂意汝以小愈促我行，而意不免死于我行以后耶！我自行后，念汝病，时时不宁。去年事宜月二十六日，在舶中发一无线电于蒋君，询汝近况，冀得一痊愈之消息以告慰，而复电仅言小愈；我意非痊愈，则必加剧，小愈必加剧之讳言，聊以宽我耳，我于是益益不宁。

到里昂后，即发一电于李君，询汝近况，又久不得复。直至我已由里昂而巴黎，而瑞士，始由里昂转到谭、蒋二君之电，始知汝竟于我到巴黎之次日，已舍我而长逝矣！呜呼！我之旅行，为对社会应尽之义务，本不能以私废公；然迟速之间，未尝无商量之余地。尔时，李夫人曾劝我展缓行期，我竟误信医生之言决行，致不得调护汝以蕲免于死。呜呼！我负汝如此，我虽追悔，其尚可及耶！

我得电时，距汝死已八日矣。我既无法速归，归亦已无济于事；我不能不按我预定计划，尽应尽之义务而后归。

呜呼！汝如有知，能不责我负心耶！汝年爱者，老父、老母也，我祝二老永远健康，以副汝之爱。汝所爱者，我也，我当善自保养，尽力于社会，以副汝之爱。汝所爱者，威廉（注：蔡元培的女儿）也，柏龄（注：蔡元培的儿子）也，现在托庇于汝之爱妹，爱护周至，必不让于汝。我回国以后，必躬自抚养，使得受完全教育，为世界上有价值之人物，有的贡献于世界，以为汝母教之纪念，以副汝之爱。

呜呼！我所以慰汝者，如此而已。汝如有知，其能满意否耶！汝自幼受妇德之教育，居恒慕古烈妇人之所为。自与我结婚以后，见我多病而常冒危险，常与我约，我死则汝必以身殉。我谆谆劝汝，万不可如此，宜善抚子女，以尽汝之母之天职。

呜呼！孰意我尚未死，而汝竟先我而死耶！我守我劝汝之言，不敢以身殉汝。然后早衰而多感，我有生之年，亦复易尽；死而有知，我与汝聚首之日不远矣。

呜呼！死者果有知耶？我平日决不敢信；死者果无知耶！我今日为汝而不敢信；我今日唯有认汝为有知，而与汝作此最后之通讯，以稍稍纾我之悲悔耳！呜呼！仲玉！

汝夫蔡元培

一九二一年年一月九日

许地山致周俟松

许地山(1893—1941)

咱们不会再争吵了，我敢保，我知道妹真爱我。

许地山(1893~1941)

名赞堃,笔名落华生,后落藉福建龙溪县,我国现代著名作家。他的作品同情被压迫民众,批判黑暗现实,并具有浓重的宗教色彩。

许地山的夫人周俟松,也曾是五四新文学运动的积极参加者。1934年,许地山去印度考察,期间写了这封信给周俟松。信中以亲切的口吻制定了几条夫妇间的爱情生活准则,说明应将爱情建立在互相体谅、互相帮助的基础上,读来别有一番情味。

六妹，好伴儿：

今天接到你四月十三日底信，想那封飞机信是丢了。昨天接北京汇来英金三十磅，大概是燕京来底，今天不能取，到明天才能知道。那封丢了的信，你大概的告诉我小说稿接到了。

方才又接到上海的信，傅东华来的，说小说稿已接到，登在七月号上。上两封信给你说的电影计划，进行了没有？我看是很有希望，你想怎样？哥七月底将到家，若钱来得早，早走，也许六月初离此地，游行二星期，七月中到平。

……（原稿中遗落一段）

妹看好不好？妹请人写起来，挂在卧房里，好不好？

夫妇间，凡事互相忍耐；如意见不合，在说大声话以前，各人离开一会；各以诚意相待；每日工作完毕，夫妇当互给肉体和精神的愉快；一方不快时，它方当使之忘却；上床前，当互省日间未了之事及明日当做之事。还有一两条，不甚重要，不必写。妹妹，你想这几条好不好，咱们试试吧。

哥实在没给妹委屈,平心而论。但以后,咱们不会再争吵了,我敢保,我知道妹真爱我。

妹,你应当告诉我的许多事,都没告诉我,我在此地,要像在家一样知道家里的事,蕙君常来吗,老太爷心境如何?妹,为何不写信?

山

高君宇致石评梅

高君宇(1896~1925)

> 你的所愿,我将赴汤蹈火以求之,
> 你的所不愿,我将赴汤蹈火以阻之。

高君宇(1896~1925)

中国共产党的早期革命活动家之一,五四运动时的北京大学学生代表。1920年任北京社会主义青年团书记。在第三次党代会上被选为中央委员。

石评梅是北京的著名女诗人,高君宇不仅是一位革命者,也是一个情感丰富的诗人,他爱上了石评梅,并热烈地追求她,给她写了不少情真意切、感人至深的情书。

评梅：

你中秋前一日的信，我于上船前一日接到。此信你说可以做我唯一知己的朋友。前于此的一信又说我们可以作以事业度过这一生的同志。你只会答复人家不需要的答复，你只会与人家订不需要的约束。

你明白的告诉我之后，我并不感到这消息的突兀，我只觉心中万分凄怆！我一边难过的是：世上只有吮血的人们是反对我们的，何以我惟一敬爱的人也不能同情于我们？我一边又替我自己难过，我已将一个心整个交给伊，何以事业上又不能使伊顺意？我是有两个世界的：一个世界一切都是属于你的，我是连灵魂都永禁的俘虏；在另一个世界里，我是不属于你，更不属于我自己，我只是历史使命的走卒。假使我要为自己打算，我可以去做禄蠹了，你不是也不希望我这样做吗？你不满意于我的事业，但却万分恳切的劝勉我努力此种事业；让我再不忆起你让步于吮血世界的结论，只悠久的钦佩你牺牲自己而鼓舞别人的义侠精神！

我何尝不知道：我是南北飘零，生活日在风波之中，我何忍使你同入此不安之状态。所以我决定：你的所愿，我将赴汤蹈火以求之；你的所不愿，我将赴汤蹈火以阻之。不能这样，我怎能说是爱你！从此我决心为我的事业奋斗，就这样飘零孤独度此一生，人生数十寒暑，死期忽忽即至，奚必坚执情感以为是。你不要以为对不起我，更不要为我伤心。

这些你都不要奇怪，我们是希望海上没有浪的，它应当平静如镜；可是我们又怎能使海上无浪？从此我已是傀儡生命了，为了你死，亦可以为了你生，你不能为了这样可傲慢一切的情形而愉快吗？我希望你从此愉快，但凡你能愉快，这世上是没有什么可使我悲哀了！

写到这里，我望望海水，海水是那样平静。好吧，我们互相遵守这些，去建筑一个富丽辉煌的生命，不管他生也好，死也好。

朱湘致霓君

朱湘（1904~1933）

但望两三年后，夫妻都好，再能尝尝那种爱情的美味吧。

朱湘（1904~1933）

字子沅，原籍湖北，后迁入安徽太湖。生于湖南沅陵县。1920年考入北京清华大学。1922年起在《小说月报》等刊物上陆续发表诗作。1925年出版第一本诗集《夏天》，1927年出版第二本诗集《草莽》，并于同年赴美留学。1929年回国，任安庆安徽大学英国文学系主任。后因长期失业，生活窘困，精神苦闷，终于1933年12月5日在上海开往南京的"吉和轮"上投江自杀。

朱湘于1927年留学美国，1929年没有拿到学位就回国了。他在美国期间，给妻子刘霓君写了90封情书，每一封信都有编号。在这些情书中，他写谋生之艰辛，为钱所困的尴尬，更多的是如水的柔情，有日常生活的关照叮咛，有夫妻间的体贴呵护。让人读之温暖。

我爱：

  我前几天看到一件很有趣味的东西，一尺长的鱼，一阵总有几十个，在船走过的时候，飞起来。他们能飞几丈，几十丈远，飞时翅膀看得很清楚。鱼是很好看，可惜我不能抓住一条寄回给你看看。前天在檀香山，船停一天，我们大家多上岸玩。在一个"鱼介博物馆"内看到许多稀奇古怪的东西，有鸡一样大的虾子，两个大钳子，还有各种各样的鱼，有的扁的只有三分厚；圆的像一个桃子，有些嘴长得特别长，好像臭虫同猪的嘴一样。鱼的颜色更是好看得不得了，有些黑花上面满是黄点子，好像豹皮一般；有些上半截鹅黄，下半截淡青，好像女人穿的衣裳同裙子，腰间还有两条黑条子，那就像系一条黑缎边的淡青腰带。妹妹，我的妹妹，你说这好看不？这些鱼印的有照片，我已经买了一份。等到到了学校之处，寄信方便之时，我就寄给你看看，收着——不过这些照片比起活的来，差得远了。因为活的身体透明，并且在水中游来游去，极其灵活；正像你的照片虽然照得很好看，到底不如见面之时，我能听见你讲话。

我不曾离开上海的时候,一个人住在青年会,极其想你,做了一首诗。一直想写给你看,偏偏事情太忙不能有时候写下来。如今很闲空,我的精神又好,所以就此写出来:

戍卒

边关绿草被秋风一夜吹黄,
戈壁的平沙连天铺起浓霜,
冷气悄无声将云逐过穹苍——
我披起冬裳,不觉想到家乡。
家乡现在是田中弥漫禾香,
闪动的镰刀似蚕食过青桑,
朱红的柿子累累叶底深藏。
鸡雏在谷场,噪着争拾馀粮。
灯擎光似豆照她坐在机旁,
一丝丝的黑影在墙上奔忙,
秋虫畏冷倚墙根切切凄伤。
儿子卧空床梦中时唤爷娘。
一声雁叫拖曳过塞冷关荒,
它携侣呼朋同去暖的南方,

在絮白芦花之内亿卧常羊。

独留我徊徨，在这萧索边疆。

  这首诗大意是说丈夫出外当兵（戍卒），秋天冷了，穿起妻子替他作的棉衣，不觉想起家乡来。（第一段）他想秋天家乡正是割稻子的时候。（第二段）到了夜间，妻房一定是对着灯光在机子旁边坐着织布，他们两个生的小孩子一定是睡在那张本来是三个人卧的床上，在梦中还叫父亲呢；哪知道父亲如今是在万里之外了！（第三段）这父亲听到一声雁叫，便自思道："这鸟儿尚且能带着母鸟去南边避寒，偏我不能回家，这是多苦的事呀！（第四段）这首诗有些字怕你不知意思，我就解释一下：边关是长城，戈壁是蒙古的大沙漠之名称，在长城北，穹苍是天，弥漫是充满，镰刀是割稻，累累是多，鸡雏是小鸡，灯擎是点灯芯的豆油灯，塞、关都是长城，携是带，侣是伴，就是妻子（母雁），絮白芦花是同棉花一样白的芦花，常羊是游玩，徊徨是徘徊，就是走来走去，萧索是荒凉，边疆是靠近外国的地方。

我爱：

  小东要雇奶妈，就早已嘱咐过了，不必再提。小沉定名叫海士，因为他是上海怀的，士就是读书人，士农工商的士。从前孔夫子说过一句话，叫作"仁者乐山，智者乐水"，意思就是说，慈善的人爱山，因山是结实的；聪明人爱水，因为水是流动的：小沉是海水旁边怀的，我替他起个号叫伯智，就是希望他作一个聪明的人。"伯"是行大，聪明的人同尖巧的人不一样。聪明的人向大地方看，尖巧的人只看小的，尖巧人只是想着害人。小东定名叫雪，因为你到北京，头一次看见雪，刚巧那时你便怀了小东。并且雪是很美的一件东西，它好像一朵花，干的雪你仔细看一看就知道它是六角形，好像一朵花有六瓣花瓣，所以古人说"雪花六出"。她号燕支（燕字读作烟字一样，不是燕子的燕），因为古时候有一座山，叫燕支，在北方古代匈奴国的皇后，她们不叫皇后，叫阏氏，（就是燕支这二字）便是因为此故。小东是在北方怀的，所以号叫这个。

  我替你取的号叫霓君（这两个字我如今多么亲多么爱）是因为你

的名字叫采云，你看每天太阳出来时候或是落山时候，天上的云多么好看，时而黄，时而红，时而紫，五采一般（彩字同）。这些云也叫作霓，也叫作霞。从前我替你取号叫季霞，是同一道理，但是不及霓君更雅。古代女子常有叫什么君的，好像王昭君便极其有名。

说到这里，我可以告诉你一个笑话：从前汉朝有一文人，叫东方朔（姓东方，名朔），这人极其好开玩笑，有一天皇帝祭地皇菩萨（这祭叫社），不用说，桌上自然是供一大块猪肉了，这块肉（大半是半个猪，或者整个）照规矩祭完神以后，由皇帝下令，叫大官分了带回家去，有一次这位东方先生性子急（不知是不是他的太太叫他十二点钟回去吃中饭，那天祭祀费时太多，已经一两点钟了，他怕回去太迟，太太要不依，说他只管自己，不顾别人等他，或者说他偷去会女相好，谈话谈忘记掉了，不记得回来吃饭了）。无论如何，总是他过于性急，不等汉武帝下令，他自己就在身边拔下了宝剑来（古人身边都带宝剑），在猪肉上头割了一块就走。但是被皇帝知道了，叫他说出道理，如若说不出，便推出午门斩首（这自然是皇帝同他开玩笑，因为皇帝很喜欢他说笑话）。这位东方先生毫不在乎的说：我割肉你应当夸奖我才对，为何反来责备我呢？你看我拔出剑来就割，这是多么勇敢！我割的刚好是自家分内应得的，不曾割别人的一点，这是多么清廉！拿肉回去给我的"细君"，这又是多么仁爱！细君就是"小皇帝""小先生"，就是说的他太太。皇帝一场大笑，放他走了，并且叫人跟着送一只整猪到他家里去。东方先生的太太自然是说不出的快活。本想骂她的先生一场的，也不骂了。这是提起君字，想到的一段故事。以后作文章的人读书的人叫妻子作细君，便是这样起来的。

这个故事，我的霓君，我的细君；我的小皇帝，你看这有点趣味吗？我如今在外国省俭自己，寄钱给你，别的同学是不单不寄钱回家，有时还要家里寄钱，你看我比起东方朔先生来，也差不多吧？我想我寄回家的钱，总不止买一头猪罢？？

亲爱的霓妹妹：

　　今天上午把三样功课都考了，心放下了。我近来身体好，望你不要记挂。夏天书已念完一半，快得很，就要秋天了。

　　一到秋天，精神更好，等阳历十一月我去找一家照相馆照一张便宜一点的相。你自己身体也要保重，省得我记挂。

　　哀情小说千万不要看了。如若有时闷点，到亲戚朋友家中走动走动。

　　小沅小东近来都很好吗？夏天里不要买街上零食给他们，最危险，最容易传染病，年纪越小，越要多睡觉。

　　夏天里房中可以常常多洒些臭药水，这几个钱决不可省，雇老妈子雇奶妈子都要老实，干净，千万不能要脸上身上长了疤疤结结，长了疮的，那最危险。

　　我接到你六月十二号的信说你不怪我当初，我听到真快活。我说的比仿嫖婊子，是比仿，并不是我同某某某有什么不干不净，不过那时候我心中有时对不起你，这是我请你忘记的事情。

七月二十五日你头痛是因为过于操心,又过于想我。最爱最亲爱的妹妹,再过几年我们就永远团圆,我们放宽了心,耐烦等着吧,你自己调养自己,爱惜身子,就如爱惜我的身子一样。

因为你的身子就是我的身子。我也当然爱惜我的身子,因为我的身子就是你的身子。我们两个本是一个分离不开的。你务必把心放开一些,高高兴兴,把这几年过了,那时我们就享福了。

永远是你的亲亲沅

七月二十五日

霓妹妹我的孟母：

正月初六的信同相片收到。我真说不出的欢喜。你那封信写得真好。我以前要回国，并非为了对你疑心；你知道的，我向来不曾疑心过你。

你信来的时候，我正写信给彭先生说你在上海怀着小东受了多大的苦，我如何的爱你敬你怜你。我自然要毕业才回国，博士大概不考了。

我想后年春夏天一定回家，刚好在外国三年，如今已过去半年多了。我回家后一定要好好的作些书，一方面也教书，让你面上光荣，让你同小沅小东过一辈子好日子。

我如今对你同小沅小东的爱情实在是说不出的浓厚。我一定要竭力的叫你们享点福。我想在外国的这两年把英文操练好，翻译中文诗作英文诗，以后回中国也照旧作下去。这不单名誉极好，并能得到很大的稿费。将来运气好，说不定我要来美国作大学教授，你真要来美国呢。（不必向别人说，怕的万一不成功，落人笑话）你说你肯在梦中来陪伴我,这是再好不过的呀。你是要坐飞机呢,还是要坐轮船呢?都好。

从前我听到一个笑话,说一个乡下人听到别人讲世上最快的东西要算电报,他说我的妻子在几千里外,我想看她,不如把我一电报送到她那里去吧。你要是肯由电报打来美国,那更快呀。

还有一件事要小心,你哪一夜来美国?哪一夜来美国,要早些时候用无线电告诉我,我到了长沙,你来了芝加哥,那不是反来错过了吗?那张相片我看了说不出的欢喜。

说来有趣,从前我是长头发,如今我的头发被剃头的不知道剪短了许多,你的头发变长了。这真是夫妻一对。你的面貌虽然极其正经,像教子的孟母,我看来你的脸还像一个女孩子的,一点不显老。

小沅那调皮的模样,将来长大了一定聪明的。你看他那像是笑又不像是笑的嘴,抬起来的眉毛,真是一个活泼箱神的样子。

将来小东你们三个一定要同照一相再寄给我。我回家后要好好教小沅小东读书。我决定自己作些书给他们念。小沅很胖,我很欢喜。小东你务必请奶妈,不然我一定不依。

我本想早些回家看你同小沅小东,不过我在罗伦士学校白念了半年书,来芝加哥,因为是很大的大学,只插进了三年级,要两年毕业。不过我想自己译些中文诗作英文诗,只好等后年春夏天再回家了。

这两年半让我们多通些信，好容易过去些，你的信里可以多讲些你自己同小沅小东的事情，好让我看着快活。你住在万府上，是暂时的事情，如若我们自己的房子这半年之内能够搬进去住，那是最好的，不然还是照我前面说的办法进行为要。

你住在万府上究竟是怎样一个办法，我很想知道。我这就写信给稚壮。不过信内说不了多少什么话。要等你回信后，我才能详细的写信给他。住在亲戚家里，如若他们不肯收房租饭钱，那是决不可以的。另有给憩轩四兄同季眉姊夫的信。上海的钱你一收到就写信告诉我，省得我记挂。

沅

三月七日

我爱的霓妹：

　　昨晚作了一个梦，梦到你，哭醒了。醒过来之后，大哭了一场。不过不能高声痛快的哭一场，只能抽抽噎噎的，让眼泪直流到枕衣上，鼻涕梗在鼻孔里面。今天是礼拜，我看书看得眼睛都痛了，半是因为昨夜哭过的缘故，今天有太阳，这在芝加哥算是好天气了。天上虽然没有云，不过薄薄的好像蒙上了一层灰，看来凄惨的很。止对着我的这间房（在二层楼上）从窗子中间，看见一所灰色的房子，这是学校的，一点声音也听不见，好像死人一般。房子前面是一块空地基，上面乱堆着些陈旧的木板。我看着这所房，这片地，心里说不出的恨他们。我如今简直像住在监牢里面，没有一个人说一句知心的话，有时看见一双父母带着子女从窗下路上走过去：这是礼拜日，父亲母亲工厂内都放了工，所以他们带了儿子女儿出门散步。我看见他们，真是说不出的羡慕。我如今说起来很好听，是一个留学生，可是想像工人一样享一点家庭的福都不能够，这是多么可怜又多么可恨。我写到这里，就忽的想起你当时又黄又瘦的面貌来，眼眶里又酸了一下。只要在中国活得了命，我又何至于抛了妻子儿女来外国受这种活牢的罪呢。霓君，我的好妹妹，我从前的脾气实在不好，我知道有许多次是我得罪了你，你千忍万忍忍不住了，才同我吵闹的。不过我的情形你应该明白。我实在是在外面受了许多的气，并且那时一屁股的欠债，又要筹款出洋，我实在是不知怎样办法是好。我想你总可以饶恕我吧？这次回家之后，我想一定可以过的十分美满，比从前更好。写这行的时候，听到一个摇篮里的小孩在门外面哭，这是同居的一家新添的孩子，我不知何故，听到他的哭声，心中恨他，恨他不是小沅小东，让我听了。我又想到你的温柔，你对我的千情万意，分开了，不能见面，不能立刻见面，说一句知心话，彼此温存一下，像从前在京城旅馆内初见面时那样温存一下。你还记得当时你是怎样吗？我靠在你身旁坐下，你身上面的一股热气直扑到我的脸上。（我想我当时的热气也一定扑到了你的脸上）我当时心里说不出的痒痒。后来我要摸你的手，我偷偷的摸到握住，你羞怯怯的好像新娘子一样，我当时真是说不出的快活。天哪，天哪，但望两三年后，夫妻都好，再能尝尝那种爱情的美味吧。

彭雪枫致林颖

彭雪枫（1907~1944）

两情若是久长时，又岂在朝朝暮暮！？

彭雪枫（1907~1944）

河南南阳人。1925年加入中国共产主义青年团，1927年转入中国共产党，历任中国工农红军连党代表，团、师、军政治委员和师长、纵队司令员。1938年在豫皖苏边区领导抗日游去战争，1941年任新四军第四师师长兼淮北军区司令员，1944年9月，在河南与日伪军作战时，不幸为流弹所中，光荣牺牲。时年37岁。

彭雪枫和林颖因为一次偶然的机会相识，并经人介绍走到一起的。当时彭雪枫是师长，林颖是县委妇女部长。林被彭的气宇轩昂、仪表堂堂深深吸引，彭被林自尊自爱、自主自立的个性打动。两人与1941年成婚，两年后，彭即在战争中不幸牺牲。

楠（注：即林颖同志）：

决心是果断的具体表现，我俩应为我们的前途庆幸！方式虽由于"介绍"，然而"爱"乃是由同志关系、政治条件、工作利益、双方前途，特别是性格与品质、相互印象诸复杂因素而自然促成的，而逐渐浓厚起来的，尤其是在击破困难排除波折之过程中而更会浓厚起来的！倘若"轻易"而成，当不会事后回味之深长吧？比如我们的事业，要不经过艰难缔造的奋斗过程，那么巩固和壮大的程度当不如我们所愿望的那样伟大吧。当然，一种小资产阶级的恋爱观，是另一种——花前月下卿卿我我，这究竟是小资产阶级的呀！无产阶级先锋队则不然，这首先建立在政治上、工作上、性情上和品格上，自然同样也有花前月下，然而已不再是卿卿我我了而是花前谈心，月下互勉，为了工作，为了事业，为了双方的前途！

你同意我的话吗？我想同意的吧？因为你已经在做着了。

我郑重提出：双方对对方的希望上，千万不要"过奢"，尤其是在今天，在初恋，在恋爱定局之初期。俗话说：情人眼里出西施，一般人对他的爱人，是不容易看到缺点的，所以在起初，感情无限好，但日久天长，弱点逐渐暴露，情感就会淡了。因为这里头没有辩证地观察问题，更没有辩证地认识问题，当然也不会有正确的方法去解决问题了。人都有其优良的一面和缺陷的一面的，两面相照，发展其优良的一面，同时又要扬弃其缺陷的一面，主要靠自己，同时靠他人。只要对方在基本上是可爱的，是值得可爱的，那就够了。把工夫用在相互帮助相互教育相互鼓励上，这是我党对待同志的态度，也是恋爱双方互相对待的态度。倘若能够这样，则双方情感不仅不会越来越淡，相反必会越来越浓，以至白头偕老的。古人说："君子之交淡如水"，然后才能永久长远。夫妇相敬如宾，然后才能永久长远！这里头包含着"哲理"的，你品品它的滋味。

　　在上述基本观点和基本态度之下，我们相爱了，这种爱才是最正当最伟大最神圣的！同时也必能是最坚持最永久的！所以，你对我的认识和了解，我知道乃是基本政治、党性品格，而不是什么地位，地位算什么东西呢？同时，要求你，你必须还要了解我的另一面：急躁、激动，工作方式方法上之不够老练，对人对物有时过于尖锐，使人难堪，对干部有时态度过于严肃，加上某些场合下的不耐烦，使人拘束，涵养不到家。这一切都是我自己实行自我批判自我斗争，而同时请求你在更接近更了解的情况下帮助我去纠正的。对于你，聪明、豪爽、忠诚、多情、不怕危险困难而忠于党，这是好的一面，优良的一面，可是在另外的一面，高傲、虚荣心——像你所说的，再加上还欠切实，正是你的缺点，却需要你来努力克服的，倘若有了彻底认识，克服虽然必须有一个过程，相信是会收到完满成果的。

我希望你的（虽然你已经在做着）是：

（一）加强自己思想意识上的锻炼。你的家庭生活环境熏陶着你，带来了非无产阶级的某些意识。在党对你不断的教育中，特别是在敌后两年烽火的斗争中已经锻炼得使你更坚强起来了，然而进步是无止境的，还需要加倍努力！最近党中央关于增强党性的指示，是我党自有历史以来最有意义最有教育价值的文献之一，你必熟读，妥为笔记，而主要还依靠于左右同志们的相互坦白检讨。区党委会有具体指示，如何去检讨的，特别应当参考着洛甫（注：即张闻天同志）的《论待人接物》那篇文章，胡服（注：即刘少奇）同志《论共产党员修养》小册子，这对于我辈为人为党员为一个革命家，有着决定性的作用的。

（二）留心政治，养成对政治的浓厚兴趣，一切应由政治观点上去观察问题。政治是任何一种工作职业的同志所必须具备的，理论修养之外，尤须注意政治形势，根据形势布置工作，分析形势推动形势改变形势，要多多的经常的在这方面用心下工夫啊！报纸电讯不应该放过一个字，一条新闻不能单纯看作一件新闻，而应分析它的实质。先从近处作起，渐而至于国际形势，抱定志向，做一个最实际的政治工作者，有修养的政治工作者。

（三）待人接物上，不要过于锋芒外露，大方之中含有腼腆。我始终没有忘记过一次毛主席在我外出进行统战工作时临别叮嘱的一句话："对人诚恳是不会失败的！"这句话今天拿来送给你，共同勉励吧。我总在惦记着×和×，特别是×，你今后对他的态度应该格外慎重，保持着同志的友谊，丝毫不显出所谓"裂痕"，使对方自觉地了解这是不得已的不得已，没有法子的事呀，应当不要忘记对他的安慰。同时又必须估计到，他是不会马上对你完全谅解的，即如一般女同志，特别是那些对你有了成见的人，在她们一闻风声之后，必有一番冷言冷语，一定有的，比如什么首长路线，诸如此类，你必须格外冷静，特别持重，不动声色，若无事然。即便是我，难道就保证无人说闲话么？不会的，我已经准备着"以不变应万变"了！凡是这样的事，首先还是决定于自己，像瑞龙同志所说的。忍耐些吧，一个风潮之后，就会逐渐平息的，注意我们的态度，我们的言语，我们的待人接物。更谦逊些，更诚恳些，更大方些，更刻苦努力些！

（四）工作，越下层越好锻炼，越深入越能具体了解，也就越能正确解决问题，越能建立信仰。女子生下来长大了是革命的是工作的是为大众谋利益的，而不是为的什么单纯性的问题。女子应有其独立的人格，更应有其培养独立人格的场合和环境。即便结婚了之后，我还是主张你应有你的独立的工作环境，我无权干涉你，也不会干涉你。

（五）你写得很好，你应该努力学习写作，记日记，写文章，把材料系统的组织起来写在纸上，这就是文章。要具体材料，不要空洞说理。要提高文化水平，要加强理论修养。你还年轻，我希望你工作之外，又是作家，必会有一天，你是一个帮助写作的有力助手！

亲爱的同志！一切美满的愿望，都是建立在政治、理智、情感、热心努力、互助互谅之上的！

保重你的身体！

枫

九月十四日

颖：

别离才三天，好像已经三个月了，这一形容并不过火，理智排除感情，总是一阵需要斗争的事，何况是在二十四日之后，又何况是在长夜倾谈而话才吐出了千分之一的以后呢？

我不愿写出这种情思，生怕引动你的更加浓厚的惦念之情，然而事实如此，叫我有什么法子呢？人们说我是个感情丰富的人，过去可以压得下，近来有点异样了，一个人的影子，自早至晚怎么样也排遣不开！外人知道了，真是有些好笑！

自你走后，一般公论是：

（一）太理智了，（二）太突然了，为什么不过三天呢？（三）双方离开是对的，然而也应该在"蜜月"之后，（四）离开是好的，就是太远了，（五）究竟不出众人所料堪为模范，（六）过一时期还是离近一点好，这样才能双方更易于了解，感情才更易于染浓。

虽然时间只有那样短，但军中人对你的评论是：

（一）大方，（二）比我还要大方，（三）豪爽，（四）精明有能力，（五）有发展前途，（六）结婚易使女方堕落消沉下去，然亦易使女方以及双方精神焕发勇于前进而更有利于自己的进步与发展，（七）才德貌是恰如人意的，但能否不因与我结合而即高傲起来呢？而即放松于待人接物的注意了呢？

一般同志和朋友对于我俩的希望（几乎有其一致性）是：

（一）不要过于亲近，比如说你到军队工作，也不要过于疏远，比如说你到淮宝长住。（二）你更需有计划的学习，我更须有计划的帮助你学习。（三）应当在下层锻炼，更应"切实"的去对付工作。（四）各应自爱而后始能互爱，各应自重而后始能互重。（五）生活美满不在于物质，而在于互相之间的敬爱与慰勉。

有一个朋友，郑重其事的鼓励我，他说：人们在双方相爱以至于结婚之后，精力气魄是充足饱满的。倘是诗人必得佳作，倘是音乐家必得妙曲，倘是理论家必得美论，像列宁在结婚之后所著的《历史唯物论与经验批判论》即是结婚之后献给他的夫人的。像我——一个军人，除去指挥战斗获得胜利以外，必须写一篇或者写一本关于军事论文而又要浓厚的辩证法式的去写，这是一个极有意义和极有价值的纪念！即以此来献给你。这话使我兴奋而又惭愧！我对他说，我是心有余而力不足，可我万分赞同他的提议。自己常常打算写一点如意的东西出来，可是不是无时间便是无心情！我想我应该努力了，请你给我勇气！

几天以来，取笑的或正正经经的谈着你我的，以及远处写信来的颇为不少，给我个人的用我的名义答复了，写给我俩的用我俩的名义答复了，其中有两封须要送你过目的，一是送礼物的，没什么，一是严肃的劝导的，我认为很对，特别付封送来，并将我的复函抄之如下：

郑平同志（注：时任淮北区党委党校校长）：

示读悉，金石之言，感人至深！自当铭诸座右，以求不忘，并盼时赐佳言，以做明镜，相信我等必能听从，执行到底，而下给人以口实也，颖已于昨日东渡淮宝，从此各在本人工作岗位上努力为党的事业而斗争，以期不负老友之殷望，并以之答复爱护之热忱！特此敬复。

雪枫林颖
九月二十七日

给高的信是：

高峰同志：

大示及莲藕二百斤均如数收到，隆情盛谊，何胜激感？尔后益当努力为党奋斗,以副多年战友之雅望!

雪枫林颖
二十七日

数日以来,月色如画,唯少一月下谈心的你,可谓辜负良夜太甚!此情此景此事,何日才能到来呢!?你有同感没有?比如今夜——二十九日,你在做什么呢?不见你的信,难见你的信!然而我又知道你是昨天才到的淮宝,何忍责备你呢?真是矛盾!

三日湖上生活,看了不少的书,或者写了不少的东西吧?那个朋友的写东西的建议,你认为好不好?倘若好,我们共同努力不好么?像你说的,把这回事以及所牵涉的人物,微妙的描写出来,那应该是多么生动优美啊!

淮宝工作环境如何?一般人对你印象和态度如何?前以话多,未曾问及,有暇请你告诉我。南方人到了适于南方生活习惯的地方,更要小心些。我总在担心你的健康,尤其是你对于健康的漫不经心的态度,万不应以为身体健康,而即疏忽了对自己的珍重!

我近来,除去情调上有些异样之外,生活如常,身体如常,健康之珍重亦比你注意些,请你放心。不过,较前稍为忙了些,过几天要出去侦察地形了,倘若敌情无大变化,我打算带上拂晓剧团到五旅和九旅去，看看队伍，给干部和部队讲讲话演演戏，每见战士，常常使我振奋！他们是可敬可爱的！计划如果实现，恐怕要费一月的时间，如能转到淮宝，那自然好，然而又虑到一个"人言可畏"。不管他，到时看"机遇"的发展形势而定。

"千言万语总不尽"，何处何时才是我们畅所欲言的境遇呢？努力你的工作，埋头读你的书，坚持记你的笔记和记你的日记。请不要过于惦念我，饮食起居我是会注意的。不要忘了别时的叮咛啊！更不要忘了给你的信上的建议啊！自己爱护，人家才更加爱护！

相片洗出来了，照得还不错，不过有几张照重了，你的单人像也在内，真是憾事！只有将来再照吧。因为到九旅取晒相纸未归，故先洗印这几张，送你看，大家都说合照的较大的那张好，特为签上字，送你的知心的朋友，但我不希望随便送，一定是较为合得来的所谓"知己"。（送来九张）

纸短言长，夜深人静，下次再写吧。是谁先给谁写呢？记着我们的时间，也许此刻现在，你同样在握笔疾书吧？

祝你

愉快！

枫

九月二十九日夜一时二十三分于半城众人入梦时

颖：

　　今晚中秋节，月色分外皎洁，赏月归来，内心里总好像少了一件什么东西似的，虽然各单位都在锣鼓喧天，热闹非凡，然而我都没有参加，自己想想中秋节就是这样的轻易的放过去了吗？结果还不是这样的轻易的放过去了！

　　现在是深夜一时四十分了，正当我写了迎击反共军东进的训令之后，觉得必须给你写封信，我何尝不知道你的信或者就在途中，可是因为没有见（别后至今才只接到你一封信！）到你的信，总使我念叨着你的"爽约"了，难道你比我还要忙吗？马上又体谅到你，因为你是在乡下，会知道谁恰好过湖西来呢？而且离岔河和朱坝又那么远，又没有适当的送信人！不管怎么说，我是在盼望着的！算一算，别后给你的信，这已经是第四封了！

　　一个同志——那是我们的诗人，为你我写了一首诗，第一节已经送到《拂晓》诗刊上去了，被我事后发觉留下了，他不甘心特为缮写寄给你，第二节还须"待续"，你看看，他写得好不好。至于"枫林"倒双关得十分美丽,事先我还不曾想得出,你也想过吗?

下面一首词是秦少游(?)什么人做的,是咏"七夕"的,我特别爱那两句:"两情若是久长时,又岂在朝朝暮暮。"完全对的呀,两情若是久长时,又岂在朝朝暮暮!?

我打算七号到泗北一带侦察地形去,多则一周少则五天即便返部,倘若届时无甚情况,拟赴淮宝一行,但也说不定,五旅在天井湖,已经答应他们要去看看了!而且十月十二号,又是本军四周年及四师东征三周年的日子,四个剧团公演,当有一番盛况吧,可惜你不在场!

在反动分子活动的地区,注意你的行动!不要一两个人走路,经常靠近部队,时做有警准备,更要注意你的身体,千万不可大意!

读书有成绩否?计划定出来否?谁知道什么时候才接到你的信呢!?

祝你

晚安!

雪枫
中秋节之夜二时五分

一本苏联小说《新时代的曙光》,不日寄给你,以后写信编上号码,以免遗失,当更好,你意如何?

常常惦念着的颖：

　　前晚草信一封，无便人未发出，几天来的生活情况，想告诉你，我知道你会像我一样的在惦念着。昨晚陪张茜（注：即陈毅同志的夫人）到操场看踢足球，黄昏又杂着众人回到我房里漫天乱谈，不久来了冯（注：即当时在回师政治部工作的冯凌同志），正是张给你写信的时候，大家于沉默中各人想各人的心事。张的信托我寄给你，当然不能不为之代劳，字里行间，颇为幽默，这即是所谓"少女的心"么？张走后，与冯长谈三小时，不外"谅解"之类，又告诉我她近来的心情，终于借了几本书载着月光回去了。近来表面看我似乎很有闲，所以才座上客常满吧？其实却苦了我。夜间十一时之后，一切文件挤得你不得不在这个时候看，直到下一点，或者更多些。冯说我的精神不如在路西了，我不知究何所指。为了能够写点文章和读点书，我决心找一个所谓"密室"，而且已经找妥了，很僻静，每逢读书或写东西，我要躲到"密室"里去。最近，在桌上的备忘纸片上写着准备要写的文章题目，都是大家逼着要的：（一）关于军事教育问题，

（二）论"宁为鸡头不为牛尾"，（三）旧式武器之使用问题。谁知道哪一天才能完工呢？中央近对各高级学习组发出电令，指定读八十三种党内文件，外加《左派幼稚病》《论持久战》诸小册子，我想我应该努力。

颖，我说的是你呀，在对我的学习上，党性锻炼上，待人接物上，领导方式上，应该"主动"的帮助我，你不能假想我会比谁更完整些，只需我批评你，而不需你批评我。在这一方面，我恳切希望，你能更坚强些，更直接些，更主动些，更男性些，难道你有所顾虑吗？对于你，我盼望在今后的生活上更艰苦些，更刻苦些，更少在物质上讲求些，更有力的截击你那小资产阶级的享受欲的萌芽的生长！一时一刻都不应忘记你是在呼奴喊婢的楼房里产生出来的"小姐"，你不会怪我吧！我知道，如今，你已经脱离了小姐气，而成为一个共产主义者了。然而你不能否认你的家庭环境所培养出来的非无产阶级的意识和习性，如若不能咬牙打破这一关，你将不能更坚强起来，像你主观的要求那样。写至此，忽然想起前天翻阅唐诗中元稹追悼亡妻的《遣悲怀》那三首长诗，因为我爱它，所以抄给你：

　　谢公最小偏怜女，自嫁黔娄百事乖！（嫁给他这个穷光蛋后就百事不顺心了）

　　顾我无衣搜荩箧，泥他沽酒拔金钗。（想买酒只有从她头上拔下

首饰来）

野蔬充膳甘长藿，（吃的是野菜）落叶添薪仰古槐。

今日俸钱过十万，与君营奠复营斋，（如今做官阔起来了，为妻只能修修坟墓了）。

第二首是：

"昔日戏言身后事，今朝都到眼前来。
衣裳已施行看尽，针线犹存未忍开。
尚想旧情怜婢仆，也曾因梦送钱财。
诚知此恨人人有，贫贱夫妻百事哀！"

第三首：

闲坐悲君亦自悲，百年多是几多时？
邓攸无子寻知命，潘岳悼亡犹费词。
同穴窅冥何所望？他生缘会更难期！
唯将终夜长开眼，报答平生未展眉！"

最后两句更妙，只有终夜悲痛的睡不着而长开眼来报答她的平生为穷困忧患所扰而没有展过眉头！旧诗词你比我读的多；这三首诗你也喜欢吗？

前曾面托李斌（注：时任淮宝县县长）同志代为搜罗古书，首先是《资治通鉴》，近又电请代向上海订购各种报章杂志。为了调查研究，中央及华中局亦曾数次来电广为搜集，请便时面询李张两同志，如到手，则即托人寄来。

带去之书，读了几本？关于鲁迅的东西，更应多多浏览。鲁迅的文章简洁尖刻，极有骨气，多读不仅在文字之技巧上有益处，更可加强自己之修养。

一九三二年以前的鲁迅的文章小说几乎每篇我都读过，彼时虽为大兵生活，但对我在写作的锻炼和意志的修养上帮助实多。告诉你，可怜得很，我现在这一点点"文化水平"，多半是自修得来的。一个共产党员，应该要能说会讲，而又善于写作，下笔千言，倚马可待。你的天资颇高，倘在这方面留意，不难成为一个作家，这不是"奢望"，而是革命过程中所必须具备的一种才能，自然主要还要依靠于生活的充实。

《社会科学基本教程》读完否？不要以为书多，翻了这本丢了那本。硬着头皮，攻完一部再攻其他，读书是要有一种像出兵进攻敌人那种精神才行的，否则你永远也得不到胜利！因为我有这种毛病（近年来略好），所以想到你或者也有？到底有没有？

近接家信否？念念！

顺笔写来，不知说了些什么？时间已经子夜之后两点了，鸡鸣第一遍过去了，全半城的人们，怕只剩我一个人在孤灯之下给你写信吧？警卫员催我睡觉了，就此停笔。

祝你安眠！

枫

十二月六日（七日二时）

最急人的是久不接你来信，最恼人的是看不见你的长信！今天早晨又接到你三日发来的期待着我的信的短信。使你焦急，颇为不安。请谅。

王幼萍（注：拂晓剧团年龄最小的女团员，当时年仅十二岁）是我的小朋友，你妥为看待她。

十二月七日十时半又及

裕群：

十日晚信于十二日收到，由高同志带来之信（未见时日）于今日收到，均不谈身体近况，颇为悬念，呕吐是否已经没有了呢？真是急人！

某些人们风言风语的中伤之词，自在我们意料之中，你我亦决有此勇气迎接它！我想最佳的态度是一笑置之，而且也自有铁的事实和公正的人代为辩驳，这种辩驳当给此辈"好事者之流"以迎头痛击，使之身败名裂！我实不解，这些人何苦瞎费精力专门讽嘲尚未完全处于平等地位之社会的今日的女同志！？在他们，或者认为夫妇之间不应相爱即不应"在外边逛"，而应变为路人或仇人，相互不理，永不会面，或者叫女同志大门不出二门不迈，夫妇们只有在沙漠地的人烟绝迹之处才能见面才算是天经地义吧？这样才适应彼辈之"三从四德"的教条吧！？好一片糊涂的封建残余！

一个人——尤其是"封建头脑"者眼中的女同志，要想没有人攻击或者冷言冷语造谣中伤，那等于自己提着自己的头发离地登天！好人坏人，勇者懦夫，君子小人，成年儿童，谁能够讨好一切呢？谁能够没有多或者少的反对者和永远不谅解的人呢？凡事哪能尽如人意，问题在于"但求勿愧我心"而已！如能善于反省自己，日日新又日新，不断进取向上，一个共产党人，顶天立地，仁至义尽，一切卑鄙无耻的飞短流长，由它去吧！

我非常喜欢你对于这些无事生非的小人们的中伤之词所采取的态度，你认为这是推动你日益进步的推动机，对的，完全对的！我们只有大仁大义待人以诚，事情是不会失败的！对于那种故意中伤、藉图报复的无聊勾当，置之不理。不是有一句俗话叫做"大人不与小人怪"吗？倘若自己听到这些冷讥热讽即便逢人解释到处辩驳，那反而成为怯弱者了。林与枫不是那样的人！我们应该保持着党之正风和浩然之气！想一想，鲁迅之一生是怎样苦斗出来的，毛主席之有今日，是在不断的攻击讥讽反对之中斗争来的，一部党史，即是一部斗争史，终久会要最后胜利的！裕群是一个坚强的人，我祝望你益发坚强起来！不是有一封信中，我为你引了一段德国民谚吗？它说："重大之打击，决不能击倒坚强之人，反能增强其勇气！"你我应永远记着。

也不要说你了，即使是我，一个男性而且还是所谓"首长"，攻击我的，讥讽我的，不谅解我的，难道还不多吗？一年以来我采取的什么态度？除去工作上应当接受的正确批评外，对于那些含有敌意的造谣夸大之词，我自始至终即抱定一不辩驳，二不迎击，三不伤神的宗旨，近来不是逐渐的好转了吗？孟子说过："至诚而不动者未之有也！"精诚所至金石为开，颖，请你永远记着并坚决执行这些格言！不是在虚荣也不是在"地位"更不是在功绩，而是在"政治家的风度"上表示共产党人的伟大！

去冬，半城张塘途中，我们的相勉，不是说过："不能不顾及舆论但亦不为舆论所左右"吗？这句话，要辩证的了解！上海寄来一本《罗斯福传》。我很有兴趣的读完了，特送给你，要求你无论如何抽空去自头至尾的读一读，罗斯福虽为资产阶级的政治家，但其为人处世确有可取之处。罗斯福对于反对者的"恶意的论文，苛刻的嘲笑"，抱一种什么态度呢？他自己说："我由反对派的报纸学到许多东西。要是我有权力，我决不钳制言论自由。他们愈攻击我，对我愈有利。"

别人愈嫉妒我俩的相爱，反而愈使我俩相爱！这是我们——共产党人夫妇的权利和义务！

（以上十六日夜写）

怎么忽然会想到回家这件事了呢？当接到你的信，读了这一段之后，使我异常的难过，一个人绕鲍集郊外一周，我愁虑起来了！我益发认识了"女人"之处于今天社会上的困难！那困难是一般男人尤其是未婚的人们所不可想象的！同情与伤神交袭着无告的心情！一副"别离"的图画立即呈现于想象之中！仰天长啸，无以自解！经过我仔细的考虑，我的回答是否定的，理由如下：

（一）中央号召之黎明前的黑暗，要求全体党员"咬紧牙关渡过两年"，而恰在此时你向党提出回家生产小孩子，内心的苦衷人家是不会也不愿去谅解的，反而会说你不能咬紧牙关了，甚至会说你躲避困难了，我不愿意自己的爱人受此无名的"嫌疑"。

（二）目前部队及地方上的孕妇不止你一个人，倘若准了你，别人立刻照样援例，是准呢不准呢？这不仅牵扯到你而且更牵涉到我，人家会说某某人的"太太"究竟是"高贵"些，这会给人以更有利的攻击嘲讽的实际材料，为了将来，如何解释呢？

（三）更主要的还是旅途之上，有异常之大的危险性，敌区伪区顽区，坐船乘车步行，以一女子而又无妥当护送之人，住店行路难关重重，加上你是一个"女子"，处此荒乱年光，摧残人权乃家常事，你叫我如何放心得下！请问如何放心得下？你想了没有？我一千一万个不放心啊！

（四）别离的苦味，难道我们还没有尝够吗！？以你之心度我之腹，离别的苦痛是如何折磨人的心情！？为了同志之间、为了夫妇之间、为了战友之间的相互安慰和鼓励，我们不能够相离得如此之远而又如此之久！为了使我为党为部队不致分心，不致忧虑，不致常年累月的焦急，我不愿你如此做，我一万分不愿意你如此做，你也不忍心如此做吧！？

（五）即退一万步说，平安到家了，生产和照护一面得到解决了，然而你的家乡是在什么样的人和鬼统治之下，你想了没有？那种封建的保甲制度，法西斯的特务工作，你，一个曾在五战区出头露面的女孩子，人家能放得过你吗？人家能饶恕你吗？最近电讯中所登的何彬、李惠馨是怎样死的？法西斯的魔手，即使家中母亲有如何巧妙的外交手腕，能抵得过吗？

（六）加以旧家庭，又是极易消磨革命意志的所在，一面既无党的文件供你阅读，一面反有家庭天伦之情将你拉住，母女之爱出自天性，母亲看了你的消瘦的相片尚为之十分感伤，一旦回乡而又远离，她老人家放你吗？她老人家放心吗？

（七）即便上述诸点都能顺利解决（不会的！），你又要想想，当此国际国内正将起着急剧变化的年代，一个月之内会有沧海桑田般的大变动的，那时候交通允许吗？情况允许吗？道路允许吗？何况来往必须要八个月到一年之久！不要把问题看得过于简单了啊！当波儿（注：陈波儿同志，著名的戏剧家和电影艺术家，任泊生同志的爱人）与泊生相别时，不是也曾想象着不久之后必会晤面吗？然而七年了！七年，是多么骇人听闻的长期！而且还正在增加着呢！一在天之南，一在地之北，甚至连通讯的条件都被剥夺了！我想，这是环境所给予有亲人的人们的极大残忍！躲避之无暇，还要硬着头皮去钻吗？这是一种不智之举啊！

裕群是识大体顾大局的人，当你浮起了回乡之幻想的时候，正是你受了一些冷言冷语的刺激之后一时的激动，事后，你已经必定想转了，即不然，当看了我以上所提出之七大理由时，亦必为之冰消云散了！是吗？能吗？

为了你的安全和我的愁虑，请你慨然牺牲了你的提议吧！我要求你！

我于十一日之夜来鲍集抗大，匆匆已一星期。自晨至夜，谈话，开会，上课几无暇时，精神与肉体均颇困惫，加以两星期以来，情趣不佳，午睡与夜眠，噩梦连绵，至为苦人！为仁和集以来所未有者，不知何故？好在麦收期间，前方将士均能用命，获得不断胜利，尚可告慰耳。

青纱帐起，拟七月初仍移返半城（希勿外宣）。政工会须八九日后始能结束。当此反共军东进可能性甚少，敌人扫荡受阻之夏收到秋收的三个月内，为我切实整顿地方工作及部队工作之最好时机，大家都有励精图治之决心，天不负苦心之人，去年路西之损失，到了补偿的时候了吧？

《战争论》读完了，得益良多。续读《孙子兵法综合研究》一大部头军事理论，尚未开始。小说则读《死魂灵》亦未起头。《茶花女》又在盼着到来。

特着赵运成（注：赵运成同志，彭雪枫同志的警卫员）送衬衣，汗衣，扇子（沪某书家赠送者），日光皂，罐头（某商人赠送者）来，并探视你的近况兼口述我的近况，到时盼与之细谈。另《军事杂志》（注：是回师办的一个刊物）一本及该刊稿费十元，盼一读！

你的来信，常常不能满足我的希望——总是那样的短，难道忙得连长信也不能写么？

此刻，为端阳节之前夜，每逢佳节倍思亲，湖之东西，谅必有同感吧？下次再谈吧。

紧紧的握手！

枫

六月十七日

亦即旧历五月初四日之夜于鲍集抗大校部

阮玲玉致唐季珊

阮玲玉（1910~1935）

我死而有灵，将永永远远保护你的。

阮玲玉（1910~1935）

原名阮玉英，广东香山（中山）人，30年代的著名女演员。1926年入明星影片公司；1927年在影片《挂名的夫妻》中饰演主角；1929年后主演《故都春梦》《野草闲花》《恋爱与大妻》等影片；1932年后受左翼文艺运动影响，相继主演《三个摩登女性》《神女》《新女性》等影片。她一生共拍摄影片近三十部，塑造了旧中国各社会阶层的妇女形象，表演质朴细腻，善于揭示人物的内心世界；1935年，因不堪绯闻中伤而自杀。

25岁的阮玲玉正值花样年华，演艺事业正处于巅峰状态，但张达民和唐季珊两位财势雄厚的上海名人为了争夺她，闹上法庭，缠讼数月，轰动社会。她终于不堪忍受小报记者的恶意中伤，服毒自杀。临终前写下了这封信。

季珊：

  我真做梦也想不到这样快，就会和你死别，但是不要悲哀，因为天下无不散的筵席，请你千万节哀为要。我很对你不住，令你为我受罪。现在他虽这样百般的诬害你我，但终有水落石出的一日。天网恢恢，疏而不漏，我看他又怎样的活着呢。鸟之将死，其鸣也悲，人之将死，其言也善，我死而有灵，将永永远远保护你的。我死之后，请你拿我之余资，来养活我母亲和囡囡，如果不够的话，请你费力罢！而且刻刻提防，免他老人家步我后尘，那是我所至望你的。你如果真的爱我，那就请你千万不要负我之所望才好。好了，有缘来生再会！另有公司欠我之人工，请向之收回，用来供养阿妈和囡囡，共二千另五元，至要至要。另有一封信，如果外界知我自杀，即登报发表，如不知请即不宣为要。

阮玲玉绝笔

一九三五年三月七日午夜

朱生豪致宋清如

朱生豪（1912~1944）

我愿意舍弃一切，以想念你终此一生。

朱生豪（1912~1944）

浙江嘉兴人，出身于破落商人家庭。1929年入杭州之江大学，先后在中国文学系和英文系学习，并成为"之江诗社"首领。1933年入上海世界书局任编辑，1936年开始翻译莎士比亚剧作，先后翻译共31种，建国前出版27种。最后终因积劳成疾而于1944年12月26日去世，余有六种未译。1978年，人民文学出版社以来译为主体，出版了译作《莎士比亚全集》。

朱生豪和宋清如曾是大学校友，他们因诗而相识、相知、相爱。但只一年后，他们即因朱生豪的毕业而分离。此后十年，聚少离多。这期间，朱生豪写了无数感人的情书给宋清如。他们终于结束了十年的分离与苦恋，相守在一起。却仅仅两年后，朱生豪因病去世。留给宋清如长达半个世纪的守望和思念。

宋：

才板着脸孔带着冲动写给你一封信，读了轻松的来书，又使我的心弛放了下来。叫他们拿给你看的那信已经看到？有些可笑吧，还是生气？实在是，近来心里很受到些气闷，比如说人以为我不应该爱你之类；而两个多月来离群索居的生活，使我脱离了一向沉迷着的感伤的情绪的氛围，有着静味一切的机会，也确使我渐对过去的梦发生厌弃，而有努力做人的意思。

我真希望你是个男孩子，就这一年匆匆的相聚，彼此也真太拘束得苦。其实别说你是那么干净那么真纯，就是一些人的冷眼，也会把我更有力地拉近了你的。我没有和平常人那样只闹一回恋情的把戏，过后便撒手了的意思，我只希望把你当作自己弟弟一样亲爱。论年岁我不比你大甚么，忧患比你经过多，人生的经验则不见比你丰富甚么，但就自己所有的学问，几年来冷静的观察与思索，以及早入世诸点上，也许确能做一个对你有一点益处的朋友，不只是一个温柔的好男子而已。

对于你，我希望你能锻炼自己，成为一个坚强的人，不要甘心做一个女人（你不会甘心于平凡，这是我相信的），总得从重重的桎梏里把自己的心灵解放出来，时时有毁灭破旧的一切的勇气（如其有一天你觉得我对于你已太无用处，尽可以一脚踢开我，我不会怨你半分），耐得了苦，受得住人家的讥笑与轻蔑，不要有什么小姐式的感伤，只时时向未来睁开你的慧眼，也不用担心甚么恐惧甚么，只努力使自己身体感情各方面都坚强起来，我将永远是你的可以信托的好朋友，信得过我吗？也许真会有那么海阔天空的一天，我们大家都梦想着的一天！我们不都是自由的渴慕者吗？

　　现在的你，确实是太使我欢喜的，你是我心里顶溺爱的人。但如其有那么一天我看见你，脸孔那么黑黑的，头发那么短短的，臂膀不像现在那么瘦小得不盈一握，而是坚实而有力的，走起路来，胸膛挺挺的，眼睛明明的发光，说话也沉着了，一个纯粹自由国土里的国民（你相信我不会爱一个"古典美人"？虽然从前我曾把林黛玉作为我的理想过），那时我真要抱着你快活得流泪了。也许那时我到底是一个弱者，那时我一定不敢见你，但我会躲在路旁看着你，而心里想，从前我曾爱过这个人……这安慰也尽可以带着我到坟墓里去而安心了。这样的梦想，也许是太美丽了，但你能接受我的意思吗？

　　为了你，我也有走向光明的热望，世界不会于我太寂寞。来信与诗，都使我快活。每回你信来，往往怀着感激的心情，不只是欢喜而已。诗以较高的标准批评起来，当然不算顶好，以你的旧诗的学力而言，是很可以满意的了。第一首嫣嫣二字平仄略不顺，不大要紧，第二句固是好句子，但蹈袭我的句子太甚，把犹袭二字改为空扑吧。三四句平顺无疵。总观四句，略欠呼应，天上人间句略嫩，听之。

此诗改为：

霞落遥山黯淡烟，残香空扑采莲船，
晚凉新月人归去，天上人间未许圆。

（两人字重复，因此读上去觉不顺口，倘把人归去的人改为郎字，却是一首轻倩的民歌。也许你会嫌太佻，但末句本不庄，故前面的人字不能改君字。）新月映带未许圆，使天上二字不落空。

第二首全体妥。糜字用得新，也许你用时是无意的？第三首第二句微波漪涟重复，漪字平仄不对；第四句万般往事俗，改为年年心事即佳。全首改为：

无端明月又重圆，波面流晶漾细涟；
如此溪山浑若梦，年年心事逐轻烟。

三首情调轻灵得很，虽然还少新意，不愧是我的高足，我该自傲不是？前次绝句二十首之后，又做了十一首，没有给你看。前面几首较好：

春水桥头细柳魂，绿芜园内鹧鸪痕，
蜀葵花落黄蜂静，燕子楼深白日昏。
倚剑朗吟甃字栏，晚禽红树女萝残，
何当跃马横戈去，易水萧萧芦荻寒。
半臂晕红侧笑嫣，绿漪时掀采莲船，
莲魂侬魂花侬色，蛙唱满湖莲叶圆。
迟雪冲寒鹤羽甃，偶尔解渴落茅庵，
红梅白梅相对冷，小尼洗砚蹲寒潭。

略有宋诗调子，第三、四两首，都故作拗句。又第九首：

秋花销瘦春花肥，一样风烟雨露霏，
萧郎吟断数根须，懊恼花前白袷衣。

第十一首：

燕子轻狂蝴蝶憨，满园花舞一天蓝。

仙人年幼翅如玉，笑漱银铃酡脸酣。

则是我诗里特有的童话似的情调。

天凉气静，愿安心读书，好好保重。

朱朱　廿三夜

秋兴杂诗七首，本没有给你看的意思，但张荃既有信给我，也不妨抄下来并给伊一读，我没有另外给伊写信的心向。

宋

　　时间过得却快,现在三点半钟了。好友,我对你只有感激的欢慰和祝福的诚挚。几天的希望,换得一整天的相聚的愉快,虽而今遗留给我的只是无穷的怅惘,我已十分满足。我不欲再留恋于此,已定坐七点十五分快车,一个人悄悄地离校。我知道这次我不该来,在外边轻易引不起任何的感伤,一到此便轻轻拨起了无可奈何的恋旧之思。这是我自寻烦恼,你不用为我不安(老鼠爬到身上来)。这环境于我不适,我宁愿回到嚣尘的沪上。望就给信我(老鼠爬到头上)。

　　我不能眷恋已往的陈骸,只寄希望于将来,总有一天,生活会对于我不复是难堪的drudgery(注:苦役)。我十分弱,但我有求强的意志,寂寞常是啮着我,唯你能给我感奋。

　　不多写,你全明白我。现在我走了,我握你的手。

朱
一九三三年十一月二日晨四时

清如：

我知道你不爱见我，但不曾想到你要逃避我，我只是你一个平常的朋友，没有要使你不安或怅惘的理由。见一见你，我认为或者是尚可容许的我的仅余的权利，当然我也辨不出是悲是喜，但我总不能抑制着不来看你，即使自己也知道是多事。倘使我的必须是被剥夺去一切人生的乐趣，永远在沙漠中的命运，必须永远不再看见一面亲爱的人，那么我等候你的吩咐，我希望那会使你不感到不安。

我不要休息，也不能休息。有钱的人，休息的意义是享福，可以把身体养得胖些；对于我们这种准无产阶级者，休息的意义是受难，也许是挨饿。我相信我更需要的是一些鼓舞，一点给人勇气的希望。我太缺少一切少年人应该有的热情。

在你母亲的身旁，不要想到我，我不要损害你神圣的快乐。

为你祝福。

朱
一九三四年一月十九日

清如：

气好了吧？即使不是向我生气，我也很怕。什么委屈大概你不肯向我说。

虽我很愿知道。我心里很苦，很抑郁，很气而又不知要气谁。很委屈而不知委屈从何而来。很寂寞，生活的孤独并非寂寞，而灵魂的孤独无助才是寂寞。我很懂得寂寞之来，有时会因与最好的朋友相对而加甚。实际人与朋友之间，即使最知己的，也隔有甚远的途程，最多只能如日月之相望，而要走到月亮里去总不可能。所以一切的友谊都是徒劳的，至多只能与人由感觉所生的相当的安慰，远非实际的。所谓爱尽是对影子的追求，而根本并无此物。人间的荒漠是具有必然性的，只有苦于感情的人才不能不恃憧憬而生存。

愿你快乐，虽我的祝福也许是无力而无用的。

汝友

好人：

你简直是残忍，一天难挨过似一天，今天我卜过仍不会有你的信来。我渴想拥抱你，对你说一千句温柔的蠢话，然这样的话只能在纸上我才能好意思写写，即使在想像中我见了你也将羞愧而低头，你是如此可爱而残忍。

我决定这封信以情书开头，因此就有如上的话，但这写法于我不大合式，虽则我是真的爱你，如同我应该爱你一样。

如果到三十岁我还是这样没出息，我真非自杀不可。所谓有出息不是指赚三百块钱一月，有地位有名声这些，常常听到人赞叹地或感慨地说，"什么人什么人现在很得法了"，我就不肚热那种得法，我只要能自己觉得自己并不无聊就够了。像现在这样子，真令人丧气，读书时代自己还有点自信和骄矜，而今这些都没有了，自己讨厌自己的平凡卑俗，正和讨厌别人的平凡卑俗一样，趣味也变低级了，感觉也变滞钝了。从前可以凭着半生不熟的英文读最艰涩的 Browning 的长诗，而得到无限的感奋，现在见了诗便头痛，反之有时看到了那些又傻又蠢气的电影,倒要流流眼泪,那时我便要骂我自己,"你看看你这个无聊的家伙,有什么好使你感动的呢,那些无灵魂的机械式的表演?"真的我并不曾感动,然而我却感动了。一个人可以和妻子离婚,但永远不能和自己脱离关系,我是多么讨厌和这个无聊的东西天天住在一个躯壳里!如果我想逃到你的身边,他仍然紧跟着我,因此我甚至不敢来看你,因为不愿带着他来看你。我多么想回到我们在一处作诗(不管是多么幼稚)的"古时候",我一生中只有那一年是真的快乐,真的满足,满足自己也满足世界,除了太过渺茫了的我的童年,那还是太古以前的事,几乎是不复能记忆的了。

你知道火炉会使人脸孔变惨白,但你不知道人即使在火炉旁也会冻死的,如果有人不理他。杭州已下雪了,这里只有雨,那种把人灵魂沾满了泥泞的雨。冬天唯一的好处是没有臭虫,夜里可以做梦,虽然我的梦也生了锈了。

寄与你一切的思慕。

朱儿

Darling Boy:

千言万语，不知从何处说起。第一你说我是不是个好孩子，一到上海，连两三点钟都不放弃，寓所也没去，就坐在办公室里了。这简直不像是从前爱好逃学旷课的我了，是不是？事实是，下车时一点钟，因为车站离家太远，天又在临下阵头雨之际，便在北四川路广东店里吃了饭并躲雨，而且吃冰淇淋。雨下个不停，很心焦，看看稍小些，便叫黄包车回家。可是路上又大落特落起来，车篷遮不住迎面的雨，把手帕覆在脸上，房屋树木街道都在一片白濛濛中，像一个小孩子似的，衷心感到喜悦（这是因为我与雨极有缘分的缘故，我的诗中不是常说雨吗？）。本来在汽车中我一路像受着极大的委屈似的，几回滴下泪来，可是一到上海，心里想着毕竟你是待我好的，这次来游也似乎很快乐，便十分高兴起来——车过了书局门口，忽然转计想就在这里停下吧，因此就停下了。

为着礼貌的缘故，但同时也确是出自衷心的容我先道谢你们的招待。你家里的人都好，我想你母亲一定非常好，你的弟弟给我的直接印象，比之你以前来信中所说及的所给我的印象好得多。

唉，我先说什么呢？我预备在此信中把此时的感想，当时欲向你说，因当着别人而讲不出来的话，实际还是当时的未形成语言的思想，以及一切的一切，都一起写下来。明明见了面而不说话，一定要分手之后再像个健谈者那样絮絮叨叨起来，自然有些反乎常情，然而有什么办法呢？我一点不会说话！你对别人有许多话说，对我又说不出什么话来。又有什么办法呢？横竖我们会少离多，上帝（魔鬼也好）要是允许给我一支生花妙笔，比之单会说话不会动笔也许要好得多，无如我的笔并不能表达出我所有的感情思想奈何？但无论如何，靠着我们这两张嘴决不能使我们谅解而成为朋友，然则能有今日这一天，我能在你宝贵的心中占着一个位置（即使是怎样卑微的位置都好），这支笔岂不该值千万个吻？我真想把从前写过给你的信的旧笔尖都宝藏起来，我知道每一个用过的笔尖都曾为我作过如此无价的服务。

最初，我想放在信的发端上说的，是说你惜给我的不是二块钱而是十块钱这一回事是绝大的错误，当我一发现这，我简直有些生气，我想一回到上海之后，但立刻把我所不需要的八块钱寄还给你，说这种方面的你的好意非我所乐意接受，那只能使我感到卑辱。如果我所需要的是要那么多，为什么我不能便向你告借那么多呢？如果我不需要那么多，你给我不需要的东西做什么呢？如果我这样，你会不会嫌我作意乖僻？我想我总不该反而嫌怪起你的好意（即使这样的好意我不欢迎）来而使你懊恼，因此暂时保存着尽力不把它动用（虽然饭店里已兑碎了一块，那我想象是你请我的客，因此吃得很有味），以后尽早还你。本来这月的用途已细心计划好，因为这次突然的决心，又不知道车费竟是那么贵。所以短绌了些，便除非必要，我总不愿欠人家一块钱，即使（尤其）是最好的朋友；这个"好"脾气愿你了解我。你要不要知道我此刻的全部财产？自从父亲死了之后，家里当然绝没有什么收入，祖产是有限得可怜，仅有一所不算小的房子，一部分自居，一部分分租给三家人家和一爿油行，但因地僻租不起钱，一年统共不过三百来块钱，全部充作家中伙食和祭祀之用，我们弟兄们都是绝不动用分文的。母亲的千把块钱私蓄一直维持我从中学到大学，到毕业为止计用空了百把块钱；兄弟的求学则赖着应归他承袭的叔祖名下一注小小的遗产。此刻我已不欠债，有二百几十块钱积蓄，由表姊执管着，我知道我自己绝对用不着这些钱，不过作为交代而已。如果兄弟读书的钱不足的话，可以补济补济，自己则全然把它看作不是自己的钱一样。除了这，那么此刻公司方面欠我稿费百元，月薪四十三元，我欠饭钱未付的十二元，此外别人向我借去的约五六十元，我不希望他们还了。这些都不算，则我此刻有现金$7.25，欠宋清如名下$10.00，计全部财产为$-2.75。你想我是不是个unpractical（注：不切实际）的人？

话一离题,便分开了心,莫名其妙他说了这些不相干的话。我说,这回到常熟来我很有点感到寂寞,最颓丧的是令弟同我上茶馆去坐的那会我也不知多少时候,那时我真是 Literally(注:简直、完全)一言不发(希望他原谅我性子的怪僻),坐着怨恨着时间的浪费。昨晚你们的谈天,我一部分听着,一部分因为讲的全是我所不知道的人们,又不全听得明白,即使听着也不能发生兴趣,因此听见的只是声音而不是言语,很使我奇怪人们会有这么多的 nonsense(注:废话)爱谈这个人那个人的平凡琐事。但无论如何,自己难得插身在这一种环境里,确也感到有些魅力,因为虽然我不能感到和你心灵上的交流,如同仅是两人在一起时所感到的那样,但我还能在神秘的夜色中瞻望你的姿态,聆听你的笑语,虽然有时不知道你在说些什么,但我以得听见你的声音为满足,因为如果音乐是比诗更好,那么声音确实比言语更好,也许你所说的是全无意思的话,但你的语声可以在我的心上绘出你的神态来。半悲半喜的心情,觉得去睡觉是一件很不情愿的事,因为那时自己所能感触到的,就只有自己的饥渴的寂寞的灵魂了。After 怨恨自己不身为女人(为着你的缘故,我宁愿作如此的牺牲,自己一向而且仍然是有些看不起女人的),因为异性的朋友是如此之不痛快多拘束,尽管在不见面时在想象中忘记了你是女人,我是男人,纯情地在无垢的友情中亲密地共哭共笑,称呼着亲爱的名字,然而会面之后,你便立刻变成了宋小姐,我便立刻变成了朱先生，我们中间不能不守着若干的距离，这种全然是魔鬼的工作。当初造了亚当又造夏娃的家伙，除了魔鬼没有第二个人，因为作这样恶作剧的，决不能称之为上帝——之后，我便想：人们的饥渴是存在于他们的灵魂内里，而引起这种饥渴来，使人们明白地感到苦恼，Otherwise hidden and unfelt（注：相反，在隐而不觉时）的，是所谓幸福，凡幸福没有终极的止境，因此幸福愈大则饥渴愈甚。因是我在心里说：因为我是如此深爱你，所以让我们（我宁愿）永远维持着我们平淡的友谊啊！

撇开这些傻话，我觉得常熟和你的家虽然我只是初到，却一点没有陌生之感。当前天在车中向常熟前行的时候，我怀着雀跃似的被释放了的一颗心，那么好奇地凝望着一路上的景色，虽然是老一样的绿的田畴白的云，却发呆似地头也不转地看着看着，一路上乡人们天真的惊奇，尤其使我快活得感动。在某车站停车时，一个老妇向车内的人那么有趣地注视着时，我真不能不对她 beam a smile（注：发笑）；那天的司机者是一个粗俗的滑稽的家伙，嘴巴天生的合不拢来，因为牙齿太长的缘故，从侧面望去，真"美"。他在上海站未出发之前便好多次学着常熟口音说，"耐伲到常熟"，口中每每要发出"×那娘"的骂人话，不论是招呼一个人，或抱怨着过站停车的麻烦时。他说："过一站停三分钟，过十几站便要去了半个钟点。"其实停车停得久一些的站头固然也有，但普通只停一分钟许；没有人上下的，不停的也有，因此他的话是有点夸张的,总之是一个可爱的家伙,当时我觉得。过站的时候,有些挥红绿旗的人因为没有经验,很有些手足无措的样子,而且所有的人都有些悠闲而宽和的态度,说话与行动都很文雅。有一个人同着小孩下车,那小孩应该是要买车票的却没有买,收票的除了很有礼地说一声"要买车票"之外就一声不响地让他走了。有两站司机提醒了才晓得收票。某次一个乡妇下车后扬长而去,问那土头土脑的收票者,他说那妇人他认识。最可笑的是有一个乡下人,汗流浃背地手中拿着几张红绿钞票,气急匆忙地要上车子,开到半路,忽然他在车窗外看见了熟人,车子正在疾驰的时候,他发疯似的向窗外喊着,连忙要司机把车子停下放他下车,吃了几句臭骂,便飞奔出去了,那张车票所花的冤钱,可有些替他肉痛——这一切我全觉得有趣。

可是唯一使我快活的是想着将要看见你,我对自己说,我要在下车后看见你时双手拉住你端详着你的"怪相",虽然明知道我不会这样的,当然仍带着些忧虑,因为不知道你身体是否健爽。实在,如果不是星期六接到你的信和知道你又在受着无情的折磨,也许我不会如此急于来看你,为着钱的问题要把时间捺后一些;而且你说过你要来车站接我,我怎么肯使你扑空呢?车子过了太仓之后,有点焦躁而那个起来,直到了常熟附近的几个村站,那照眼的虞山和水色,使眼前突然添加了无限灵秀之气,那时我真是爱上了你的故乡。到达之后,向车站四周走了一转,看不见你,有点着急,担心你病倒,直至看见了你（真的看见了你），Well then，我的喜乐当然是不可言说的，然而不自禁地有些 timid（注：羞怯）起来。回去就不同了，望了最后的一眼你，凄惶地上了车，两天来的寂寞都堆上了心头，而快乐却忘记了，我真觉得我死了，车窗外的千篇一律的风景使我头大（其实即使是美的风景也不能引起我的赞赏了），我只是低着头发着痴。

　　车内人多很挤，而且一切使我发恼。初上车，还有一个漂亮的少女（洋囡囡式的），她不久下车，此后除了一个高个儿清秀的少年之外，车上都是蠢货商人市侩之流。一个有病的司机搭着我们这辆车到上海，先就有点恶心。不久又上来了一个三家村学究四家店朝奉式的人，因为忙着在人缝里找座位，在车子颠簸中浑身跌在一个女人的身上，这还不过令人笑笑（虽然有些恶心）而已，其后他总是自鸣得意地遇事大呼小叫，也不管别人睬不睬他，真令人不耐。在我旁边的那个人，打瞌睡常常靠压到我的身上，也惹气得很。后来有几个老妇人上来，我立起身来让了坐，那个高个儿少年也立起，但其他的一些年轻力壮的男人们，却只望着看看，把身体坐得更稳些。我简直愤慨起来，而要骂中国人毫无规矩，其实这不是规矩，只是一种正当的冲动。我以为让老弱坐，让贤长者坐，让美貌的女郎及可爱的小孩子坐，都是千该万该的，让贤长者坐是因为尊敬，让美貌的女郎坐是因为敬爱（我承认我好色，但与平常的所谓好色有所不同。我以为美人总是世间的瑰宝，而真美的人，总是从灵魂里一直美到外表上，而灵魂美的人,外表未有不美者,即使不合机械的标准与世俗的准绳,若世俗所惊眩之美貌,一眼看去就知道浅薄庸俗的,我决不认之为美人),让小孩坐是因为爱怜,让老弱者坐是因为怜悯。一个缠着小脚步履伶仃的乡村妇人,自然不能令人生出好感,但见了她不能不起立,这是人类之所以为人类的地方,但中国人有多数是自私得到那么卑劣的地步。这种自私,有人以为是个人主义,那是大谬不然。个人主义也许并不好,但决不是自私,即使是自私,也是强性的英雄式的自私,不是弱性的卑劣的自私,个人主义要求超利害的事物,自私只是顾全利害。中国没有个人主义,只有自私。

对于常熟的约略的概念,是和苏州相去不远,有闲生活和龌龊的小弄崎岖的街道,都是我所不能惬意之点。但两地山水秀丽,吃食好,人物美慧〔关于吃食,我要向你 Complain(注:抱怨),你不该不预备一点好吃的东西给我吃,甚至于不好吃的东西也不给我吃,今天早晨令弟同我出去吃的鸭面,我觉得并不好吃,而且因份量太多,吃不下,只吃了二分之一;至于公园中的菱,那么你知道,嘉兴唯一的特产便是菱了,这种平庸的是不足与比的,虽然我也太难得吃到故乡的菱了。买回的藕,陆师母大表满意,连称便宜,可是岂有此理的她也不给我吃。実在心里气愤不过,想来想去要恨你〕,都是可以称美的地方。如果两地中我更爱常熟,那理由当然你明白,因为常熟产生了你。

常熟和吾乡比起来,自然更是个人文之区。以诗人而论,嘉兴只有个朱竹垞（冒一个"我家"）可以和你们的钱牧斋一较旗鼓，此外便无人了。就是至今你到吾乡去，除了几个垂垂老者外，很难找出一打半风雅的人来；嘉兴报纸副刊的编辑，大概属于商人阶级或浅薄少年之流，名士一名词在嘉兴完全是绝响的，子女们出外读书，大多是读工程化学或者无线电什么之类，读文学是很奇怪的。确实的，嘉兴学生的国文程度，皆不过尔尔的多，因为书香人家不甚多，有的亦已衰微，或者改业商了。常熟也许士流阶级比商人阶级更占势力，嘉兴则全是商人的社会，因此也许精神方面要比前看整饬一点，略为刻苦勤勉一点。此外则因为同属于吴语区域，一切风俗都没有什么两样。

要是我死了，好友，请你亲手替我写一墓铭，因为我只爱你的那一手"孩子字"，不要写在什么碑版上，请写在你的心上，"这里安眠着一个古怪的孤独的孩子"，你肯吗？我完全不企求"不朽"，不朽是最寂寞的一回事，古往今来一定有多少天才，埋没而名不彰的，然而他们远较得到荣誉的天才们为幸福，因为人死了，名也没了，一切似同一个梦，完全不曾存在，但一个成功的天才的功绩作品，却牵索着后世人的心。试想，一个大诗人知道他的作品后代一定有人能十分了解它，也许远过于同时代的人，如果和他生在同时，一定会成为最好的朋友，但是时间把他们隔离得远远的，创作者竟不能知道他的知音是否将会存在，不能想象那将是一个何等相貌性格的人，无法以心灵的合调获取慰勉，这在天才者是不能不认为抱憾终天的事，尤其如果终其生他得不到人了解,等死后才有人崇拜,而被崇拜者已与虫蚁无异了,他怎还能享受那种崇拜呢?与其把心血所寄的作品孤凄凄地寄托于渺茫中的知音,何如不作之为愈呢?在天才的了解者看来呢,那么那天才是一个天上的朋友,能传达出他所不能宣述的隐绪,但是他永远不能在残余的遗迹以外去认识,去更深地同情他,他对于那天上的朋友,仅能在有限的范围之内作着不完全的仰望,这缺陷也是终古难补的吧?而且,他还如一个绝望的恋人一样,他的爱情是永远不会被她知道的。

说着这样一段话,我并不欲自拟为天才(实在天才要比平常人可怜得多),但觉得一个人如幸而能逢到一个倾心相交的友人,这友人实比全世界可贵得多;自己所保留的忆念,随着保有这些忆念的友人的生命而俱终,也要比"不朽"有意思些。我不知道我们中谁将先谁而死,但无论是谁先死都使我不快活。要是我先死的话,那么我将失去可宝贵的与你同在的时间之一段。要是你先死的话,那么我将孤零地在忆念中度着无可奈何的岁月。如果我有希望,那么我希望我们不死在同一空间,只死在同一时间。

话越说越傻了,我不是很有些 sentimental(注:多愁善感)?请原谅我。这封是不是我所写给你的信中的最长的,然而还是有许多曾想起而遗落了的思想。

在你到杭州前,我无论如何还希望见你一面。愿你快快痊好,我真不能设想你要忍受这许多痛苦与麻烦。

无限热烈的思念。盼你的信息。

朱朱

廿六夜

你们称呼第三身"他"为gay，很使我感到兴味，大约是"佢、渠"之转。

我所以拙于说话的原因，第一是本来懒说话，觉得什么话都没有意思，别人都那样说我可不高兴说。第二是因为脑中的话只有些文句，说出来时要把它们翻成口语就费许多周章，有时简直不可能。第三我并不缺 sence of humor（注：幽默感），也许比别人要丰富些，但缺少 ready wit（注：智），人家给我讲某事的时候，有时猝然不知所答，只能应着唯唯，等到想到了话说出来时，已经用不着说了，就是关于常识方面的也是如此。陆先生曾问起我最近从飞机堕下跌死的滑稽电影明星 Will Rogens 的作风如何，他有什么片子到过上海，一下子我只能说他善于描述人情世故，以乡曲似的形式出现在银幕上，作品的名字一时记不起来，我还不曾看过他的片子。

等到想要补充着说他是美国电影中别树一帜的幽默家，富于冷隽的趣味，为美国人最爱戴的红星之一，但在中国却颇受冷落。他的作品较近而成功的有 Handy Andy（注：《人生观》）、Judge Priest（注：普里斯特法官），等等，凡我的"渊博"的头脑中所有关于这位我并未与谋一面的影星的智识时，这场谈话早已结束了——此外，我纵声唱歌时声音很高亮，但说话时则低得甚至于听不清楚。姑母说我讲起话来像蚊子叫，可是唱起歌来这股劲儿又不知从哪里来的。我读英文也能读得很漂亮，但说话绝对不行。大概在说话技术方面太少训练。每年中估计起来成天不说话的总有一百天，每天说不上十句话的约有二百天。说话最多的日子，大概不至于过三十句。

虽然再想不出什么话来，可是提着笔仍旧恋恋着不肯放下来。笔！快一点钟了。此刻你正在梦中吧，知道不知道，或者想得起想不起我在写着写着？你那里雨下得大不大？如果天凉了，仔细受寒。

快两点钟哩，你睡得好好儿的吗？我可简直的不想睡。昨夜我从两点钟醒来后，安安静静的想着你，一直到看天发亮，今天又是汽车中颠了三个钟点，然而此刻兴奋得毫不感到疲乏，也许我的瘦是由于我过度的兴奋所致。我简直不能把自己的精神松懈片刻，心里不是想这样，就是想那样。永远不得安闲，一闲下来，便是寂寞得要命，逢到星期日没事做，遂我的心意，非得连看三场电影不可。

因此我在茶馆里对着一壶茶坐上十五分钟，简直是痛苦。喝茶宁可喝咖啡，茶那样带者苦意的味道，一定要东方文明论者才能鉴赏，要我细细的品，实在品不出什么来，也许觉得开水倒好吃些。

我有好多地方真完全不是中国人，我所嗜好的也全是外国的东西，于今已有一年多不磨墨了，在思想上和中国的传统思想完全相反，因为受英国文学的浸润较多，趣味上是比较英国式的。至于国粹的东西无论是京戏胡琴国画国术等一律厌弃，虽然有一时曾翻过线装书（那也只限于诗赋之类），但于今绝对不要看这些，非孔孟，厌汉字，真有愿意把中国文化摧枯拉朽地完全推翻的倾向，在艺术方面，音乐戏剧的幼稚不用说，看中国画宁可看西洋画有趣味得多。至于拓几笔墨作兰花竹叶自命神韵的，真欲嗤之以鼻，写字可以与绘画同成为姊妹艺术，我尤其莫名其妙。这些思想或者有些太偏激，但目睹今日之复古运动与开倒车，不能对于这被诩为五千年的古文化表示反对。让外国人去赞美中国文化，这是不错的，因为中国文化有时确还可以补救他们之敝，但以中国人而嫌这种已腐化了的中国文化还不够普及而需待提倡，就有夜郎自大得丧心病狂了。我想不说下去了，已经又讲到文化的大问题，而这些话也还是我的老生常谈，卑之无甚高论。你妈来了没有，妈来了你可要她疼疼你了，可是我两点半还没睡，谁来疼我呢！

宋：

  以后我接到你信后，第一件事便是改正你的错字，要是你做起先生来，老是写别字可很有些那个。

  可是我想了半天，才想出"颠预"两个字，你是写作"瞒肝"的。你有些话我永远不会同意，有时是因为太看重你自己的ego（注：自我）的缘故。例如你自以为凶（我觉得许多人说你凶不过是逗逗你，他们不会真的慑服于你的威势之下的），其实我永远不相信会有人怕你（除了我，因为我是世上最胆怯的人）。

  关于你说你对我有着相当的好感，我不想grudge（注：妒忌），因为如果"绝对"等于一百，那么一至九十九都可说是"相当"。也许我尽可以想象你对于我有九十九点九分的好感。我觉得我们的友谊并不淡，但也不浓得化不开，正是恰到好处，合于你的"中庸之道"。

  "妒"是一种原始的感情，在近代文明世界中有渐渐没落的倾向。它是存在于天性中的，但修养、人生经验、内省与丰富的幽默感，可以逐渐把它根除。吃醋的人大多是最不幽默、不懂幽默的人，包括男子与女子。自来所谓女子较男子善妒是因为社会和历史背景所造成，因为接触的世界较狭小，心理也自然会变得较狭小。因此这完全不是男或女的问题。值得称为"摩登"的姑娘们。

当然要比前一世纪闺阁小姐们懂事得多，但真懂事的人，无论男女至今都还是绝对的少数，因而吃醋的现象仍然是多的。至于诗人大抵是妒心格外强烈一些，如果徐志摩是女子，他也会说 nothing or all，你把他这句话当作男子方面的例证，是不十分令人心服的。根本在徐志摩以前就有好多女子说过这句话了。我希望你论事不要把男女壁垒立得太森严，因为人类用男女分类根本是不很妥当的。

关于"爱和妒是分不开的"一句话，我的意见是——所谓爱就程度上分可以归为三种：

1. Primeval love, or animal love, or love of passion or Poetic love；（注：原始的爱，或者动物的爱，或者激情的爱，或者诗意的爱）

2. Sophisticated love, or "modern" love；（注：深于世故的爱，或者"现代的"爱）

3. intellectual love, or philosophical love；（注：理智的爱或者哲学的爱）

此外还有一种并不存在的爱情，即 spiritual love, or "platonic" love

or love of the religious kind（注：精神的爱，或者"柏拉图"式的恋爱，或者宗教类的爱），那实在是第一种爱的假面具，可以用心理方法攻破的。

妒和第一种爱是成正比例的，爱愈甚则妒愈深，但这种爱与妒能稍加节制，不使流于病态，便成为人间正常的男与女之间的关系，完全无可非议。第一种和第三种爱是对立的，但第二种爱则是一种矛盾错综的现象，在基础上极不稳固，它往往非常富于矫揉造作的意味，表面上装出"懂事"的样子而内心的弱点未能克服，同时缺乏第一种的真诚与强烈。此类爱与妒的关系是表面上无妒，内心则不能肯定。第三种的爱是高级的爱，它和一般所谓精神恋爱不同，因为精神恋爱并不超越sex（注：性）的界限以上，和一个人在现实生活中不能获得满足而借梦想以自慰一样，精神恋爱并不比肉体恋爱更纯洁。但这种"哲学的爱"是情绪经过理智洗练后的结果，它无疑是冷静而非热烈的，它是nonsexual（注：非性）的，妒在它里面根本不能获得地位。

胡言乱语而已。也也。

萧红致萧军

萧红（1911~1942）

在人生的路上，总算有一个时期在我的脚迹旁边，也踏着他的脚迹。

萧红（1911~1942）

原名张迺莹，笔名萧红、悄吟等，1911年出生于黑龙江省呼兰府（今哈尔滨市呼兰区）一个地主家庭，幼年丧母。1927年在哈尔滨就读东省特别区立第一女子中学，接触五四以来的进步思想和中外文学。尤受鲁迅、茅盾和美国作家辛克莱作品的影响。代表作品有《生死场》《呼兰河传》。

这是萧红写给萧军的情书。一直以来都认为萧红和萧军是一对甜蜜且苦着的鸳鸯。他们在结婚时，只有三郎（萧军笔名）的三首定情诗和一封封互诉衷肠的情书，可他们的爱情没有打折。

军：

  我今天接到你的信就跑回来写信的，但没有寄，心情不好，我想你读了也不好，因为我是哭着写，接你两封信，哭了两回。

  ……

  你来信说每天看天一小时会变成美人，这个是办不到的，说起来很伤心，我自幼就喜欢看天，一直看到现在还是喜欢看，但我并没变成美人，若是真也，我又何能东西奔流呢？

  可见美人自有美人在。

  ……

  我的长篇并没有计划，但此时我并不过于自责"为了恋爱，而忘掉了人民，女人的性格啊！自私啊！"

  从前，我也这样想，可是现在我不了，因为我看见男子为了并不值得爱的女人，不但忘了人民，而且忘了性命。

  何况我还没有忘了性命，就是忘性命也是值得呀！在人生的路上，总算有一个时期在我的脚迹旁边，也踏着他的脚迹。

总算两个灵魂和两根琴弦似的互相调谐过。

……

祝你好！上帝给你健康！

                荣子

                五月九日

恽代英致
沈葆秀

恽代英（1895~1931）

吾自今以后，唯当更求守身如玉，使此心如古井不波。

恽代英（1895~1931）

中国无产阶级革命家，早期著名的青年运动领导人之一。江苏武进人。1921年加入中国共产党，1923年任团中央宣传部部长和《中国青年》主编。1926年3月任黄埔军校政治总教官。参加领导了南昌起义和广州起义。1928年后担任中共中央组织部秘书长和宣传部秘书长。1930年5月被国民党逮捕，1931年4月29日在南京英勇就义。

恽代英与前妻沈葆秀不是经自由恋爱而结合的，他们的婚姻是由父母议定、媒人撮合的旧式婚姻。但这并没有妨碍他们爱得深沉、专一。自1915年结婚以来，两人相亲相爱，如胶似漆。

直至1918年初，沈葆秀因难产而死。悲痛欲绝的恽代英写下了下面的悼信。

葆秀大鉴：

汝去我而逝已匝月矣。吾未知汝魂魄自知耶？我无汝尚能勉自排遣，汝无我又无汝所爱之弟妹，汝何以度日耶？吾昨闻全婶言，血晕之时毫无苦痛，汝幸能无苦痛而去，吾闻之亦心慰。吾无情之人，近来待汝较汝初逝时已略淡漠，汝当冷笑而置之也。唯余可以慰汝者，前与汝言合葬之事，父亲大人已经允许，不续娶之事亦可办到。现与汝卜地落驾山（注：落驾山即现在的武昌珞珈山），先妣与王氏先祖妣墓地之间，择期本月二十七日发引安葬。呜呼！吾与汝姻缘如是之短，殊令人思之不服。他生之缘，愿无忘之。父亲意欲吾稍缓纳亲，吾意汝生前一杯一箸，犹爱情不肯轻畀（注：给予）他人，岂以我身汝甘使他人一尝鼎（注：即"尝鼎一脔"之意，比喻可据部分以推知全体）耶？吾之有愧于汝，料汝英灵必能谅原。吾自今以后，唯当更求守身如玉，使此心如古井不波。吾意我若先汝而死，不知汝哀痛何如，或汝以身殉我矣。吾即不能以身殉汝，著更不能为汝守此心。守此身，他日同穴，以何面目向汝耶？吾本有独身终老之心，且吾亦以学一自立生活为乐，汝既不终天年，吾初无须人扶持，汝如有知，于汝之去我太亟，亦不必悔，更不必念我寂寥，唯有法可续他生之缘者，必力求之，此则所以惠我者深矣。此生已休，唯他生可卜耳。

吾思汝从我两载余，初无何等乐境。吾作事过于刻板，且爱书过于爱汝，每使汝孤寂无聊，今日回忆殊有愧矣。吾原谓将来卒业，则汝之幸福渐增，岂知汝竟不待吾卒业而去乎？吾即失汝，今日所谋者，则卒业后就事，如何填补此次丧事亏空。且父亲之意，吾等能回江苏亦狐死正邱首〔注：狐死正邱首：出自《礼记》檀弓篇，从姜太公被封于营五（齐），返葬于周，联系到狐死时把头摆正方位，面对着老家，意为不忘本也〕之意。且先妣之葬，略有谬误之处，吾意就事钱稍多，则将迁先妣与汝之柩回常州。江南风景较此为佳，且从此汝更可与先妣相近，盖吾等意欲购大地一块，永为吾家墓地。呜呼！吾果有所人不与汝谋阳宅，乃谋及阴宅，吾不知汝瞑目乎？否也。

前者卿问我，卿死后我将如何，今除同死一言，我——皆践其诺矣。吾坚持不续娶，吾意汝必怜我，然亦不必怜。吾性孤介，前者幸得汝，不然欲有家庭之乐，未必能也。吾今又安得端肃聪明如汝者而妻之？且得此等人，如待遇同于汝或更优于汝，我宁死不肯为。吾唯愿汝魂魄常依附吾身体，吾将来至上海，汝仍随我至上海。我虽不见汝，我心滋慰。又汝终不能常入我梦，吾意汝魂魄或已无知，果无知亦免汝柔肠百折，珠泪千行，事亦良佳。唯恐或虽有知，强鬼挟持汝，不使汝与我相见。吾意果有鬼必有神，吾将力求修德造福，使神灵可护我，并我所爱之人。使我等痴愿必偿。向如魂魄无知，我将来亦归于此境。唯愿化灰尘后，汝之躯壳与我之躯壳更揉杂，不可辨。其中又不许他人之躯壳相揉杂，此亦无知之一乐也。吾等既合葬，此乐或可求而得之。固合葬使汝兆偏左，留其右以待我，汝喜耶？嗔耶？唯愿我将来死后能见汝来相迎，从此永远同眠于重泉之下，以雪此壳，则异室之恨，吾知汝再见我之时，或不至憾余言不顾行，事死不能如事生也。

仲清每露感汝及感余之意，其情甚真挚。吾原推爱卿之心以及彼，今已无以报卿，故尤注意彼。吾犹忆汝前年归宁后，告我汝家中仲清等之不上进，颇倦倦无以为什。人言女生外向，汝之念念母家，何曾外向？是知汝固非寻常女子也。仲清欲来与我同居，父亲、岳父俱已赞同。此既慰我寂寥，亦于仲清有益。吾将来至上海，必设法携仲清往投考学校。吾常见仲清，常为仲清尽力，庶几稍足以自恕负汝之罪，亦使汝不更以汝家未来事为虑也。

自汝逝后，伯父、父亲、岳父俱虑余悲思过当，或致狂疾，吾当事诚抑郁不解，老天何心乃如此处我？事后追思，又觉我处置多所失当，使汝致于此。吾思死诚不足为祸，惜不得同死。更以家中诸多关系，亦不敢同死。吾既不死，又敢狂乎？吾果狂何益于汝？他人不谅，或且以为汝致我狂，则重诬汝矣。近来力求排遣之法，精神渐觉复原。呜呼！吾等不幸而运乖，遽成异世之人。我死与不死，狂与不狂，再娶与不再娶，总觉许多未安，但亦只得求比较可安者而安之。吾知汝在冥中，亦必心中转侧，不知如何为我为计。事已至此，更无善计可言。汝第任吾今日所行，不必又或有所歉然于心也。汝不必念我无子，我之不信无后为不孝之说，汝所素知。我苟立志向上，吾父乃及祖宗必不以无后责我，更不致以此怨汝，汝一切放心。汝既为吾家而死，历代祖宗必矜怜汝，其他愚拙之事，发于我之痴情，无与于汝事也。吾已以汝临产之一切情形撰《临产之大教训》一篇，又撰《悼亡杂话》一篇未成，此二篇均不甚可意，或须改作少年失偶，汝我难堪之情，谅无大异。吾唯祝汝无知，汝果有知，或更不能善排遣如我，吾唯愿汝能宽心自寻乐趣……

吾为汝筹葆秀大工厂事，苟天假以缘，事非难成。吾失汝，琐屑之事，顿无人为助，外间如遇得意之事，亦无可告语。吾为汝擦棺、购置点心，意欲一睹汝笑容，终不能见。前者岳母生日，吾亲携点心二包往赠，此汝屡嘱我而我不为者。今我为之，汝不及见矣。是日与姚舅舅等打牌，吾又念今年新正，终未从容与汝一游嬉，此皆吾作事过于刻板之过。吾不知如何能补此缺憾，吾唯愿常保此灵明，死后做鬼夫妻。庶几不致再有缺憾如此刻。吾自问，除一种痴情，一种向上心，并此干净身体以外更无事可以对得住汝。汝爱吾不肯深责吾，吾以此愈不能忘汝矣。汝怀孕十月，不知所受是何滋味，中夜疼痛不能安枕，尚宁默然自己下床料理一切，知我睡眠有定时，早起不欲过晏，终不愿轻易扰吾。呜呼！吾今日思之，愈不能不恸汝，吾不知体贴汝，待汝虽不严，而酷如此，吾唯有于汝去后，本吾良心，不作一负汝之事，不然吾无以自恕矣。吾愿吾他生托身为女子，与汝为妇，亦一尝怀孕分娩之苦，以赎此生之罪。此言出于吾之赤诚，汝必能相信也。

父亲知吾拟每月致汝一函，谓如此恐遭魔祟，此父母爱子之心。余意以遵命为是。唯吾每月十五日必一计是月中为汝所作事若干，以志不忘。汝不得每月得吾书，或非汝所愿，汝能魂魄依余，则余之心即汝之心，余之身即汝之身，更不必假尺素（注：古人用绢帛书写，通常长一尺，今常用的指书信）之力而情愫始通也。家中自汝丧后，群众一辞，以迁家为宜，床空裳冷，我亦难以为怀，不如不见为净。如因汝伤我身体，汝必不安，且亦过于拂诸长者之意也。吾如卒业就业沪滨，每年至少必两度省视汝墓，在此则拟每年四次。吾已无事报汝，唯以一颗心请汝鉴纳而已。

我校中尚未开课，大约总可以敷衍毕业，四弟因料理家务，前不久始赴宁，近因宁疫甚盛，避之杭州。吾前与汝约就业沪滨，得便必游苏杭名胜，今已不可得矣。抱冰堂花又盛开，汝魂魄亦能一往游览耶！吾言有尽，而意无穷，吾亦不知将来更何时致书于汝，唯于有必要情形时，必不忘致书耳。吾自号"永鳏痴郎"，我亦痴，汝亦痴，既痴于前矣，安容不遂终身痴乎！汝以吾言为然否？

代英

一九一八年三月二十八日

庐隐致李唯建

庐隐（1898~1934）

啊异云，我本是秋风里的一片落叶，太脆弱了！

庐隐(1898~1934)

中国现代著名作家。原名黄淑仪,又名黄英,福建闽侯人。

庐隐第一个丈夫郭梦良病逝后,1928年3月与李唯建相识,1930年,两人东渡日本结婚。1934年,庐隐因临盆难产死于医院。李唯建遂携女儿回四川蛰居,1981年11月18日病逝于成都。

异云：

我本是抱定决心在人间扮演，不论悲欢离合甜酸苦辛的味儿，我都想尝，人说这世界太复杂了，然而我嫌它太单调，我愿用我全生命的力去创造一个福音博和的世界；我愿意我是为了这个愿望而牺牲的人，我愿意我永远是一出悲剧的主人；我愿我是一首又哀婉绮丽的诗歌；总之，我不愿平凡——纵使平凡能获得女王的花冠，我亦将弃之如遗。啊异云，你不必替我找幸福，不用说幸福是不容易找到，我也不见得会收受。你要知道，有了绝大的不幸，才有冷鸥，冷鸥便是一切不幸的根蒂。唉，异云，我怨吗？我恨吗？不，不，绝不，我早知道我的生是为呕吐心血而生的。我是点缀没有生气的世界而来的，因之荆棘越多，我的血越鲜红，我的智慧也越高深。

我怀疑做人——尤其怀疑做幸福的人：什么夫荣妻贵，子孙满堂？他们的灵魂便被这一切的幸福遮蔽了，哪里有光芒？哪里有智慧？到世界上走一趟，结果没有懂得世界是什么样？自己是什么东西？啊，那不是太滑稽得可怜了吗？异云，我真不愿意是这一类的人！在我生活的前半段几乎已经陷到这种可悲的深渊里了，幸亏坎坷的命运将我救起，我现在既然已经认识我自己了，我又哪敢不把自己捉住，让他悄悄地溜了呢？

世俗上的人都以为我是为了坎坷的命运而悲叹而流泪，哪里晓得我仅仅是为了自己的孤独——灵魂的孤独而太息而伤心呢？可是人到底是太蠢了；为什么一定要求人了解呢？孤独岂不更隽永有味吗？我近来很觉悟此后或者能够做到不须人了解而处之泰然的地步，啊异云，那时便是我得救的时候了。我的心波太不平静忽然高掀如钱塘潮水，有时平静如寒潭静流；所以我有时是迷醉的，有时是解脱的，这种梦幻不定的心，要想在人间求寄托，不是太难了吗——啊，我从此将如长空孤雁永不停住于人间的橱上求栖止，人间自然可以遗弃我的，我呢，也应当学着遗弃人间。

异云，我有些狂了，我也不知说什么疯话，请原谅我吧！昨天你对我说暑假后到广东去，很好！只要你觉得去与你是有兴趣的，你就去吧；我现在最羡慕人有奔波的勇气，我呢，说来，可怜便连这一点兴趣都没有——我的心也许一天要跑十万八千里，然而我的身体是一块朽了的木头，不能挪动，一挪动，好像立刻要瓦解冰消，每天支持在车尘蹄迹之下奔驰，已经够受，哪里还受得起惊涛骇浪的掀腾？哪里还过得起戴月披星的生活？啊异云，我本是秋风里的一片落叶，太脆弱了！

异云，我写到这里，不期然把你昨天给我的信看了一遍，不知哪里来的一股酸味直冲上来，我的眼泪满了眼眶——然而我咽下去那咸的涩的眼泪——我是咽下去了哟！唉！这世界什么是值得惊奇的？什么是值得赞美的？我怀疑——唉！一切都是让我怀疑！什么恋爱？什么友谊？都只是一个太虚渺的幻影！啊！我曾经追寻过，也曾经想捉着过，然而现在，至少是此刻，我觉得我不需要这些——往往我需要什么呢？我需要失却知觉，啊，你知道我的心是怎样紊乱呢？除了一瞑不视，我没有安派我自己的方法。

但是异云，请你不必为我悲伤。这种不可捉摸的心波，也许一两天又会平静，一样的酬应于大庭广众之中，欢歌狂吟，依然是浪漫的冷鸥。至于心伤，那又何必管它呢？或者还有人为了我的疯笑而忌妒我的无忧无虑呢？啊，无穷的人生，如此而已，哓哓不休，又有什么意思？算了吧，就此打住。

冷鸥书

蒋光慈致宋若瑜

蒋光慈（1901~1931）

> 吾妹之受痛苦皆为我故，斯诚为我最伤心之事！我将何以安慰吾妹耶？

蒋光慈（1901~1931）

小说家，原名蒋如恒（儒恒），又名蒋光赤，"五四"时期参加进步学生运动，曾赴苏留学。1924年回国后加入中国共产党，并从事进步的文学活动。

宋若瑜是蒋光慈初恋的情人。两人于1920年相识，因共同的志向而产生了相互爱慕之情。1926年8月，两人在上海同居。不久，宋若瑜因病去世。这是蒋光慈写给她的情书。

瑜妹如握：

读八月十日由开封寄来之快信，悲喜交集；吾妹为爱我故，而备受许多之谣言与痛苦，实令我深感不安！吾妹虽备受许多之谣言与痛苦，而仍不减对我之爱情，斯诚令我愉快已极，而感激无尽也。

北京会晤，畅叙数年相思之情怀，更固结精神之爱恋，诚为此生中之快事。孰知风波易起，谣言纷出，至吾妹感受无名之痛苦，扪心自问，我实负其咎，斯时我身在塞北，恨不能即生双翼至吾妹前，请吾妹恕有我之罪过，而我给吾妹以精神上之安慰。

唯我对吾妹有不能已于言者：社会黑暗，习俗害人，到处均是风波，无地不有荆棘，吾侪若无反抗之大胆及直挠不屈之精神，则将不能行动一步，只随流逐浪为被征服者可矣。数千年男女之习惯及观念，野蛮无理已极，言之令人可笑而可恨。中国人本非无爱情者，唯爱情多半为礼教所侵蚀，致礼教为爱情之霸主。噫！牺牲多矣！今者，吾侪既明爱情之真义，觑破礼教之无人性，则宜行所欲为，不必再顾忌一般之习俗。若一方顾忌习俗，一方又讲恋爱，则精神苦矣。

父母固爱子女者，然礼教之威权能使父母牺牲其自身子女而不顾，戕杀其子女而不惜；子女若欲作礼教之驯徒，则只有牺牲爱情之一途。吾妹若真健者，请千万勿为一般无稽谣言及父母指责所痛苦，置之不问可耳。我深不忍吾妹因我而受苦痛！吾妹若爱我，则斩钉截铁爱我可耳，遑问其他。若真因我而受苦痛，而不能脱去此苦痛，则请吾妹将我……

吾妹之受痛苦皆为我故，斯诚为我最伤心之事！我将何以安慰吾妹耶？近来每一想及我俩身事，辄唏嘘而不知所措。我本一漂泊诗人，久置家庭于不顾；然吾妹奈何？人生有何趣味？恋爱亦有人从中干涉，所谓个人自由，所谓人权云乎哉？噫！今之社会，今之人类！

吾妹！我永远不甘屈服于环境！我将永远为一反抗，为一赞诵革命之诗人！

珍重！珍重！

侠哥